Dina zeichnet + zeichnet + zeichnet im Galopp
Was für eine gruselige SCHRECK-SCHRAUBE! Am liebsten hätte ich die Polizei gerufen
!110!
SCHOCK
Idylle
Horror
so dicht zusammen!
!! Joscha !!
Ein richtiger Ausritt!
juchuhh!
Ohhhhhhhhhh
Wäre Phil auch hier
wo ist
Beine im Glück!
blink
blink
ACHTUNG!
ZWICK
ZWICK
es ist sooooooooo schööön hier
der 2. SCHOCK
WARUM TUT SIE DAS?
Sind wir hilflos???

Conni, das Kleeblatt und die Pferde am Meer

Weiterlesen? Weiterlesen!

Band 1: Conni & Co
Band 2: Conni und der Neue
Band 3: Conni und die Austauschschülerin
Band 4: Conni, Anna und das wilde Schulfest
Band 5: Conni, Billi und die Mädchenbande
Band 6: Conni, Mandy und das große Wiedersehen
Band 7: Conni, Phillip und das Supermädchen
Band 8: Conni, Paul und die Sache mit der Freundschaft
Band 9: Conni, Phillip und ein Kuss im Schnee
Band 10: Conni, Dina und das Liebesquiz
Band 11: Conni, das Kleeblatt und die Pferde am Meer

Dagmar Hoßfeld

Conni, das Kleeblatt und die Pferde am Meer

CARLSEN

»Seht ihr was?«, fragt Anna. »Eine Frau? Oder ein Auto? Am besten wäre beides zusammen.«
»Nö«, sagt Billi. »Du?«
»Würde ich dann fragen?« Anna macht ein unglückliches Gesicht.
»Wo bleibt Frau Mikesch nur?«, jammert Dina. »Wir warten jetzt schon eine halbe Ewigkeit!«
Das ist ein bisschen übertrieben, findet Conni. Höchstens vielleicht eine Viertelstunde ist vergangen, seit sie aus dem Zug gestiegen sind und ihr Gepäck in diesem kleinen, verschlafenen Nordsee-Bahnhof abgestellt haben.
Sie lässt die anderen stehen und schlendert über den leeren Bahnsteig. Irgendwo dahinten muss das Meer liegen. Wenn sie die Augen zumacht, kann sie es schon fast riechen. Sie atmet tief ein und dreht sich um.
»Vielleicht hat Frau Mikesch ja vergessen, dass sie uns abholen soll. Kann doch sein.«
Dina reißt entsetzt die Augen auf.
»War nur ein Scherz!«, beruhigt Conni sie, bevor sie sich an Anna wendet. »Warum rufst du Frau Mikesch nicht einfach mal an? Du hast doch bestimmt die Nummer von ihrem Reiterhof.«

»Klar«, meint Anna und wedelt mit ihrem Handy. »Nur leider gibt es hier kein Netz.«
»Oh nein!« Dina stöhnt auf und lässt sich erschöpft auf ihren Rucksack sinken.
»Sind wir überhaupt auf dem richtigen Bahnhof?«, mischt Billi sich ein. »Vielleicht sind wir eine Station zu früh oder zu spät ausgestiegen und Frau Mikesch steht jetzt ganz woanders und wundert sich, wo wir bleiben.«
»Nee, Quatsch.« Anna zeigt auf das Bahnhofsschild. »Wir sind genau richtig.«
Conni kichert. »Unser Kurzurlaub fängt ja echt super an! Wenn die Freundin von deiner Mutter nicht bald auftaucht, campieren wir einfach auf der Wiese da drüben und ernähren uns von selbst gepflückten Gänseblümchen und Erdnüssen aus dem Automaten.«
Sie hockt sich auf die Kante einer Bank und streckt die Beine aus. Billi setzt sich neben sie.
Dina kauert auf ihrem Rucksack und kritzelt mit schnellen Strichen in ihr Skizzenbuch. Sie sieht aus wie ein kleiner Uhu.
»Hast du Angst, dass deine Sachen geklaut werden?«, erkundigt sich Billi freundlich.
»Ja«, sagt Dina. Es klingt ein bisschen genervt. Sie zeichnet weiter, ohne aufzublicken.
»Wenn ihr jetzt streitet, bringt uns das auch nicht von hier weg«, meint Conni und seufzt.
Als sie heute früh in Neustadt in den Zug gestiegen sind, hat es ganz komisch in ihrem Bauch gekribbelt. Fast so, als hätte sie zu viele Brausebonbons gelutscht. Sie hatte gleich den Verdacht, dass das Kribbeln irgendein Abenteuer ankündigt.

Seit Anna erzählt hat, dass ihre Mutter auf einem Klassentreffen eine alte Schulfreundin wiedergetroffen hat, hat es schon ein paar Mal so gekribbelt. Denn diese Freundin – sie heißt Constanze Mikesch – besitzt einen Reiterhof am Meer. Einen richtigen Reiterhof mit Pferden und Ponys! Sie hat Anna eingeladen, ein paar Tage dort zu verbringen. Und sie hat vorgeschlagen, dass Anna ihre besten Freundinnen mitbringt. Sonnenklar, dass diese Freundinnen Conni, Billi und Dina sind. ›Das Kleeblatt‹, wie sie sich selbst nennen.

»Das Kleeblatt auf dem Reiterhof.« Conni blinzelt in den blauen Himmel. »Klingt wie der Titel eines spannenden Buches, findet ihr nicht?«

»Na ja, spannend ...«, Billi gähnt. »Ehrlich gesagt finde ich es bis jetzt ziemlich langweilig.«

»Das ändert sich garantiert, sobald wir erst mal auf dem Hof sind.« Annas Augen funkeln. »Ein ganzer Stall voller Pferde und Ponys – und wir mittendrin! Ob wir unsere eigenen Pflegepferde bekommen? Das wäre soo toll!«

Conni stimmt ihr zu. Die Vorstellung, ganz allein für ein Pferd verantwortlich zu sein, es zu füttern, zu striegeln und zu reiten, klingt wie ein Traum. Die beweglichen Ferientage, die ihren Ausflug möglich gemacht haben, müssen zusammen mit Frau Mikeschs Einladung direkt aus einer Wundertüte gefallen sein. Dazu ein offizieller Feiertag, ein verlängertes Wochenende und der alte Gutshof am Meer – fertig ist der superoptimale Beste-Freundinnen-Reiterurlaub!

Conni lächelt verträumt, doch plötzlich spitzt sie die Ohren.

»Hört ihr das auch?«, fragt sie die anderen.

»Ist das ein Zug?« Dina schaut in die Richtung, aus der sie gekommen sind.
Billi runzelt die Stirn. »Wenn das ein Zug ist, muss es ein ziemlich altmodischer sein. Ich glaub, das ist Hufgetrappel.«
Anna nimmt blitzschnell ihren Rucksack in die eine Hand und die Tasche mit den Reitstiefeln und dem Reithelm in die andere.
»Lasst uns mal nachgucken, woher das kommt! Los, schnell!«
Conni, Billi und Dina springen auf. Dina schiebt das Skizzenbuch und den Zeichenstift in ihre Umhängetasche. Dann rafft sie alles blitzschnell zusammen und stolpert hinter Anna und den anderen her.
Zum Glück besteht der Bahnhof nur aus zwei Gleisen und einem winzigen Gebäude, in dem man Fahrkarten und Snacks kaufen kann. Sie hasten durch den Warteraum und finden sich kurz darauf auf der anderen Seite des Häuschens an einer Straße wieder.
»Brrr!«, hören sie gerade noch. »Steeh!«
Das Hufgeklapper verstummt. Ein Pferd prustet und schnaubt. Es ist vor eine offene, vierrädrige Kutsche gespannt und beäugt die Mädchen neugierig. Sein Fell ist rabenschwarz. Die lange Mähne reicht ihm fast bis an die Nüstern und ist leicht gewellt. Es sieht fast so aus, als hätte das Pferd über Nacht Lockenwickler getragen, findet Conni.
»Wow!«, macht Billi andächtig.
»Das ist ein echter Rappe«, stellt Anna mit Kennerblick fest.
»Total süß«, meint Conni.
Dina zieht die Nase kraus. »Meinst du die Kutsche?«
»Nee, das Pferd natürlich!«

Der Rappe senkt den Kopf und reibt ihn am linken Vorderbein. Es sieht aus, als wolle er die Mädchen mit einer Verbeugung begrüßen.
»Hallo!«, ruft eine fröhliche Frauenstimme. »Ihr müsst meine Feriengäste aus Neustadt sein!«
Die Freundinnen lösen ihre Blicke von dem Pferd und mustern die Frau, die ihnen vom Kutschbock aus zuwinkt. Sie trägt eine Karobluse, dazu grüne Reithosen und kurze, braune Stiefeletten. Geschickt wickelt sie die Zügel um den Griff einer Kurbel. Dann springt sie auf die Straße und kommt auf die Mädchen zu.
»Herzlich willkommen«, sagt sie. »Und entschuldigt die Verspätung. Fidelio ist mir ausgebüxt. Es hat ein bisschen gedauert, bis ich ihn davon überzeugen konnte, sich einspannen zu lassen. Ich bin Constanze Mikesch. Wollen wir uns duzen? Meine Freunde nennen mich Connie, mit e.«
Conni starrt die Frau an. Sie hat knallrote Locken, ein Gesicht voller Sommersprossen und ein Lachen, bei dem man automatisch mitlachen muss.
»Ich heiße auch Conni«, grinst Conni. »Allerdings ohne e.«
»Was für ein Zufall!« Constanze Mikesch schüttelt zuerst ihr und dann den anderen die Hand.
Anna richtet Grüße von ihrer Mutter aus und zeigt auf das Kutschpferd. »Ist das Fidelio? Dürfen wir den mal streicheln?«
»Aber sicher!« Frau Mikesch nickt. »Ich verstaue inzwischen euer Gepäck.«
Conni und ihre Freundinnen gehen auf Fidelio zu. Anna streckt eine Hand aus und lässt ihn daran schnuppern. Als Fidelio mit der Zunge über ihre Handfläche leckt, kichert sie.

»Hey, das kitzelt!« Conni streichelt den Hals des großen Pferdes. Billi bewundert seine lange Mähne. Nur Dina hält sich etwas abseits und macht Fotos mit ihrem Handy.
»Du bist aber ein Braver«, lobt Conni und klopft Fidelios Schulter.
Anna nickt. »Das ist ein Friese. Die sind von Natur aus total lieb und gutmütig.«
»Woher weißt du, dass er ein Friese ist?«, fragt Dina.
Anna zeigt zuerst auf die Mähne und dann auf die stämmigen Beine des Pferdes. »Friesen sind immer ganz schwarz. Die wellige Mähne und der lange Fesselbehang sind ihr Markenzeichen.«
»Fesselbehang … cool! Du hast echt Ahnung von Pferden«, bemerkt Billi, die inzwischen dazu übergegangen ist, einen langen Zopf in Fidelios Mähne zu flechten.
»Der ist aber ganz schön groß! Kann man auf dem überhaupt reiten?« Conni tritt einen Schritt zurück. Fidelio schlägt mit dem Schweif nach einer Fliege und schnaubt.
Frau Mikesch hat den letzten Rucksack unter die Sitzbänke geschoben und stellt sich zu ihnen. Sie tätschelt Fidelios Kruppe.
»Na klar, sehr gut sogar. Das werdet ihr in den nächsten Tagen noch feststellen. Wollen wir losfahren? Ihr müsst doch hungrig und durstig von der Reise sein.«
»Wir hatten genug Proviant dabei«, versichert Conni.
Hungrig ist sie wirklich nicht. Mama hat ihr für die Bahnfahrt extra eine Tüte Obst und belegte Brote mitgegeben. Billi hatte selbst gebackene Kekse dabei. Und Anna und Dina waren mit Müsliriegeln und Limo versorgt. Viel wichtiger als Essen und

Trinken ist erst einmal, dass sie jetzt endlich auf den Reiterhof kommen. Nach Annas Beschreibung liegt er direkt am Meer. Ob es da nur solche Friesen-Riesen oder auch andere Pferde gibt? Conni kann es kaum erwarten, alles mit eigenen Augen zu sehen. Sie tritt von einem Fuß auf den anderen – genau wie Fidelio, der anscheinend genug vom Stillstehen hat und ungeduldig an seinen Zügeln zerrt.

»Ich finde es echt cool, dass Sie uns mit der Kutsche abholen«, sagt Anna.

»Wir wollten uns doch duzen«, erinnert Frau Mikesch sie.

Anna wird ein bisschen rot. »Ach ja. Entschuldigung.«

»Macht nichts. Wir gewöhnen uns bestimmt schnell aneinander. Ich freu mich so, dass ihr gekommen seid!« Connie Mikesch klettert auf den erhöhten Fahrersitz und nimmt die Zügel auf. Mit der anderen Hand klopft sie auf den Platz neben sich. »Möchte jemand bei mir auf dem Kutschbock sitzen? Von hier aus hat man die beste Aussicht.«

Conni, Anna, Billi und Dina wechseln einen Blick.

»Ich verzichte freiwillig«, sagt Dina sofort.

»Ich würde schon gerne«, sagt Billi, »aber ich finde, Anna sollte vorne sitzen. Ohne sie wären wir schließlich nicht hier.«

Conni nickt. Billi hat Recht. Hätte Annas Mutter nicht so eine coole Schulfreundin, gäbe es diese Reise nicht.

»Klar sitzt du vorne!« Sie gibt Anna einen Stups, doch die zögert.

»Ich weiß nicht … Ist das nicht ziemlich hoch?« Sie mustert zuerst Fidelios breites Hinterteil und dann die Stufe, auf die sie ihren Fuß setzen soll.

Conni lacht. »Seit wann hast du Höhenangst?«

Frau Mikesch hat eine lange Peitsche aus einer Halterung gezogen. »Ich will ja nicht stören«, sagt sie lächelnd, »aber ich glaube, Fidelio möchte langsam zu seinem Mittagsheu.«
»Geh du nach vorne«, sagt Anna zu Conni. »Ich bin schon mal mit einer Kutsche gefahren.«
»Ich auch«, erwidert Conni. »Aber ich würde trotzdem gerne vorne sitzen.«
»Dann los!«
»Danke!« Conni kann ihr Glück kaum fassen. Sie wirft Billi einen fragenden Blick zu.
»Ich sitz dann vorne, wenn wir wieder nach Hause fahren«, meint die mit einem Augenzwinkern.
Während die anderen hinten in die Kutsche steigen und sich auf zwei gegenüberliegende Bänke setzen, klettert Conni auf den Fahrersitz. Anna hat Recht: Er ist wirklich ganz schön hoch!
Kaum sitzen alle, löst Frau Mikesch die Bremse und schnalzt mit der Zunge. »Auf geht's, mein Junge!«
Weil der Pferdewagen keinen Blinker hat, hält sie wie beim Fahrradfahren die Hand heraus, schaut über die linke Schulter und lenkt Fidelio anschließend auf die Fahrbahn. Die Kutsche schaukelt, als der Friese sich in Bewegung setzt und schließlich antrabt.
Conni hält sich an der Seitenlehne fest, doch schon nach ein paar Minuten hat sie sich an das schwankende Gefühl gewöhnt und fängt an, die Fahrt und den Ausblick zu genießen. Hinter ihrem Rücken kichern Anna, Billi und Dina und machen sich gegenseitig auf Sehenswürdigkeiten aufmerksam.
Schon bald lassen sie den Bahnhof und die verschlafene Klein-

stadt hinter sich und rollen über eine Landstraße. Hin und wieder werden sie von einem Auto überholt. Auf der einen Straßenseite breiten sich Wiesen und Weideflächen bis zum Horizont aus. Auf der anderen Seite ragt ein grasbewachsener Deich empor. Dahinter ist in der Ferne das Watt zu erkennen. Das Meer hat sich weit zurückgezogen und ist nur als ein schmaler, glitzernder Streifen zu erkennen.
Die Luft riecht herrlich frisch, stellt Conni fest. Nach Seetang, Salz und gemähtem Gras. Irgendwo blökt ein Schaf. Ein anderes antwortet.
Fidelio fällt aus dem Trab in einen gleichmäßigen Schritt. Er lässt die Ohren baumeln und prustet, als wäre er rundum zufrieden. Der Wind spielt mit Connis Haaren. Sie spürt die Sonne auf der Haut und lächelt. Es ist wirklich ein toller Tag für eine Kutschfahrt am Meer!
»Wir haben gerade Ebbe.« Frau Mikesch zeigt über den Deich. Conni nickt nur. Als Frau Mikesch ihr die Zügel hinhält, zuckt sie zusammen.
»Möchtest du mal fahren? Keine Angst. Es geht immer am Deich entlang. Fidelio kennt den Heimweg im Schlaf. Lass ihn einfach nur weiter im Schritt gehen.«
Zögernd greift Conni nach den Zügeln.
»Bei einer Kutsche sagt man übrigens Fahrleine, nicht Zügel«, erklärt Frau Mikesch und zeigt ihr, wie man die langen Lederleinen sortiert und richtig hält.
Conni wagt kaum zu atmen, während sie sich auf Fidelios runde Kruppe und den Weg konzentriert, der vor ihr liegt. Für die Schafe, die nebenan auf dem Deich grasen und neugierig aufschauen, hat sie keinen Blick übrig.

»Hey, cool!«, ruft Billi von hinten. »Conni kutschiert!«
Anna und Dina machen Fotos. Frau Mikesch schnalzt mit der Zunge. Fidelio hebt den Kopf und spitzt die Ohren.
»Braver Junge«, lobt seine Besitzerin ihn. »Gleich sind wir zu Hause!«
Kurz vor einer Abzweigung nimmt sie Conni die Zügel wieder aus der Hand. »Das hast du prima gemacht!«
»Danke.« Conni strahlt über das ganze Gesicht. Wenn sie das Jakob erzählt! Und Phillip! Er ist mit den anderen Jungs und der Fußballmannschaft irgendwo ganz in der Nähe in einem Trainingscamp. Sie haben verabredet, sooft es geht, miteinander zu telefonieren. Vielleicht können sie sich zwischendurch sogar mal treffen.
Hoffentlich, denkt Conni. Eine ganze Woche ohne Phillip kommt ihr schrecklich lang vor.
Von der Landstraße biegen sie in eine Allee ein. Die Bäume links und rechts sehen ganz zerzaust aus. Einer von ihnen hat sich zur Seite geneigt, als wolle er sich bei seinem Nachbarn anlehnen.
Zwischen den Stämmen bemerkt Conni ein Schild:

PRIVATWEG
DURCHFAHRT NUR FÜR ANLIEGER

Fidelio spitzt die Ohren und trabt an. Aus seiner Kehle kommt ein dunkles Brummeln. Conni muss lachen. Ob er das Schild gelesen hat?
Ein paar Meter weiter steht ein weiteres Schild am Straßenrand:

»Pappelslott? Das klingt lustig!«
»Das ist der Name des alten Gutshofs«, antwortet Frau Mikesch lächelnd. »Es bedeutet Pappelschloss.«
»Dann sind die Bäume also Pappeln?«, fragt Conni.
Frau Mikesch nickt. »Sie sind fast so alt wie der Hof. Über hundert Jahre!«
»Wow!«, macht Conni andächtig.
Plötzlich tauchen neben dem Weg Pferde auf. Erst jetzt sieht Conni, dass hinter den Bäumen eine umzäunte Koppel liegt. Schimmel, Füchse, Braune, Rappen wie Fidelio und sogar ein paar Schecken – die ganze kunterbunte Herde will die Ankömmlinge begrüßen.
Fidelio lässt ein schmetterndes Wiehern hören. Die Pferde hinter dem Zaun fangen an zu galoppieren.
Conni dreht sich zu ihren Freundinnen um. Anna, Dina und Billi grinsen um die Wette.
»Hey, Kleeblatt!«, ruft Conni ihnen zu. »Ich glaub, wir sind da!«
»Yipiee-juhu!«, antwortet Billi mit einem ausgelassenen Jubelschrei.

Frau Mikesch lenkt die Kutsche in einem Halbkreis an einem hübschen Gutshaus vorbei, bis sie vor einer Scheune aus rotem Backstein anhält. Das Dach der Scheune ist mit Stroh gedeckt. An einigen Stellen wächst Moos darauf.

Conni springt vom Kutschbock und schaut sich um.

»Wow, ist das da oben ein Storchennest?«

»Ja, wir haben jedes Jahr ein Brutpaar. Toll, nicht? Störche bringen Glück!« Connie Mikesch reicht den Mädchen ihr Gepäck. Dann spannt sie Fidelio aus und befreit ihn von seinem Geschirr. »Möchtet ihr ihn auf die Koppel bringen? Ihr kennt euch doch ein bisschen mit Pferden aus?«

»Ich nicht so«, sagt Dina schüchtern. »Aber die anderen schon.«

»Anna und Conni sind echte Pferdeexpertinnen.« Billi grinst breit. »Die haben sogar das Große Hufeisen!«

Frau Mikesch hebt anerkennend die Augenbrauen.

Anna und Conni schauen sich an und kichern verlegen.

»Flecki und die anderen Ponys, die ich kenne, sind allerdings ein bisschen kleiner«, bemerkt Conni. »Und die Hufeisenprüfung ist schon ein paar Jahre her.«

»Die Pferde in meinem Reitstall sind auch kleiner«, gibt Anna zu.

»Keine Sorge. Fidelio ist wirklich ein ganz Lieber«, sagt Frau Mikesch. »Ich begleite euch und zeige euch, wo die Weide ist. Bei der Gelegenheit kann ich euch auch gleich mit den anderen Pferden bekannt machen.«
Sie zieht einen Hufkratzer aus ihrer Reithose und säubert Fidelios Hufe. Der Rappe hebt seine Beine eins nach dem anderen an, ohne dass Frau Mikesch ihn dazu auffordern muss. Conni staunt. Die Hufeisen des Friesen haben ungefähr den Durchmesser eines Suppentellers.
Dina stöhnt leise auf. »Hilfe! Muss das sein? Das würde ich mich niemals trauen!«
»Es gehört aber zum Reiten dazu«, sagt Anna. »Genau wie Striegeln und Ausmisten.«
Es klingt ein bisschen altklug, findet Conni. Aber bestimmt meint Anna es nicht so. Anna versteht nämlich wirklich eine Menge von Pferden. Sie will bald das Jugendreitabzeichen machen und ist schon seit vielen Jahren im Verein. Im Gegensatz zu Conni, die irgendwann mit dem Unterricht aufgehört hat. Nachdem der Besitzer ihres Lieblingsponys weggezogen ist und Flecki mitgenommen hat, hat sie irgendwie den Spaß daran verloren. Schließlich war Flecki nicht irgendein x-beliebiges Pony für sie, sondern ein ganz besonderes. Das lässt sich nicht so einfach durch ein anderes ersetzen.
Umso mehr freut sie sich darauf, endlich wieder mit Pferden zusammen zu sein. Sie schnuppert an Fidelios Fell. Sie hatte ja keine Ahnung, wie sehr ihr der Geruch gefehlt hat!
Dinas Blick fällt auf einen frischen Pferdeapfelhaufen.
Frau Mikesch lacht.
»Keine Bange«, sagt sie. »Du wirst hier nicht bis zu den Knien

im Pferdemist versinken. Unsere Pferde stehen das ganze Jahr über draußen. Wir haben einen luftigen Freilaufstall und große Koppeln. Im Moment genügt es, die Weiden regelmäßig abzusammeln.«

»Klingt toll«, krächzt Dina.

»Hey, das macht bestimmt Spaß!« Conni stupst sie an.

Frau Mikesch nimmt Fidelio das Zaumzeug ab und ersetzt es durch ein Lederhalfter. Mit einem Karabinerhaken befestigt sie eine Leine daran und reicht sie Anna.

Conni stellt sich auf die andere Seite und streichelt Fidelios Nase. Plötzlich rumpelt etwas hinter der Scheune. Fidelio tritt einen Schritt zurück. Seine Ohren spielen aufmerksam. Als es noch einmal poltert, spitzt er sie wie kleine Radarantennen in die Richtung, aus der das Geräusch gekommen ist.

Kurz darauf taucht hinter einer Hausecke ein älterer Junge auf, der eine Schubkarre vor sich herschiebt. Er trägt ein ärmelloses, schmuddelig aussehendes T-Shirt mit dem Schriftzug einer Rockband, dazu eine ausgebeulte grüne Arbeitshose und Motorradstiefel. Seine dunklen Haare sind an den Seiten kurz geschnitten. Nur oben auf dem Kopf wachsen sie etwas länger und wellen sich leicht.

Fast wie Fidelios Mähne, denkt Conni und unterdrückt ein Kichern.

Im linken Mundwinkel des Jungen steckt ein Strohhalm. Er schiebt ihn nach rechts, grinst schief und fährt die Karre wortlos an den Mädchen vorbei.

»Joscha!«, ruft Frau Mikesch. »Willst du unsere Gäste nicht begrüßen?«

»Hallo, Gäste«, brummt der Junge, ohne sich umzudrehen. Bei

den Pferdeäpfeln hält er kurz an. Er fegt sie zusammen, schaufelt sie in die Schubkarre und schlurft weiter.
Die Mädchen schauen ihm neugierig hinterher.
Frau Mikesch schüttelt den Kopf, aber sie lächelt.
»Das war Joscha, mein Pflegesohn. Ihr werdet ihn später noch kennenlernen. So, dann kommt mal mit!« Sie stapft mit großen Schritten voraus.
Conni, Anna, Billi und Dina gucken sich an.
»Was war das denn für einer?«, flüstert Anna Conni zu.
Die zuckt mit den Achseln. »Keine Ahnung.«
Im Gänsemarsch gehen sie hinter Frau Mikesch her. Conni und Anna führen Fidelio in ihrer Mitte. Billi und Dina folgen ihnen mit einigem Sicherheitsabstand.
Conni wirft einen Blick über die Schulter, aber von dem Jungen ist nichts mehr zu sehen.

Am Zaun der Koppel wird Fidelio schon von den anderen Pferden erwartet. Wieder lässt er sein dunkles Brummeln hören. Es kommt von ganz tief unten aus seiner Kehle. Conni kann das Vibrieren spüren, als sie eine Hand an den Hals des Rappen legt.
»Ganz ruhig«, raunt sie ihm zu. »Du darfst doch gleich zu deinen Freunden!«
Frau Mikesch schlüpft durch das Gatter und drängt die neugierigen Pferde zurück, dann öffnete sie das Tor.
Anna führt Fidelio auf die Koppel und löst den Karabinerhaken an seinem Halfter.
Conni hatte eigentlich erwartet, dass er sofort losstürmt. Stattdessen senkt er seinen Kopf und fängt seelenruhig zu grasen

an. Sie schließt das Gatter hinter ihm. Anna und Frau Mikesch klettern zwischen den Holzlatten hindurch.
»Spielt schön, ihr Süßen!«, ruft Billi den Pferden zu.
Dina hat ein Büschel Gras ausgerupft und hält es einer Schimmelstute hin, die am Zaun steht. Die Stute nimmt das Grünzeug vorsichtig aus Dinas Hand.
»Das ist Suleika«, sagt Frau Mikesch. »Sie ist noch nicht lange bei uns und ein bisschen schüchtern.«
Dina betrachtet die Stute mit einem verträumten Lächeln.
»Ihr passt total gut zusammen«, stellt Conni fest.
»Findest du?« Dina wird ein bisschen rot.Conni nickt.
Nacheinander stellt Frau Mikesch die anderen Pferde vor. Es sind viel zu viele Namen auf einmal. Conni kann sie sich unmöglich alle merken. Bei einem Braunschecken spitzt sie allerdings aufmerksam die Ohren. Er sieht aus wie eine größere Ausgabe von Flecki.
»Das ist Joschas Schecke.« Frau Mikesch lächelt. »Er heißt Little Joe.«
»Der sieht wie ein echtes Cowboypferd aus«, meint Billi.
Conni nickt andächtig. Sie kann ihren Blick gar nicht mehr von dem hübschen Wallach nehmen. Als er kurz aufschaut, hat sie das Gefühl, er würde sie direkt ansehen. Aus seinem Maul hängt ein Grashalm.
Zu schade, dass ich meinen Fotoapparat noch nicht ausgepackt habe, denkt Conni. Er steckt noch zwischen T-Shirts und Socken in ihrem Rucksack.
Als hätte Frau Mikesch ihre Gedanken gelesen, sagt sie: »Ihr möchtet jetzt bestimmt erst mal auspacken. Kommt mit! Ich zeig euch euer Zimmer.«

Auf dem Weg zum Gutshaus erzählt sie, dass außer den vier Freundinnen zurzeit nur wenige Gäste auf dem Hof sind. Eine ältere Dame, die ihr eigenes Pferd mitgebracht hat, eine Familie mit drei kleinen Kindern und ein junges Paar aus der Schweiz, das zum ersten Mal am Meer ist.
»Es ist noch keine Hauptsaison«, sagt Frau Mikesch und seufzt. »Außerdem habe ich den Reiterhof erst vor wenigen Wochen eröffnet. Es wird ein Weilchen dauern, bis es sich herumgesprochen hat, dass man hier tolle Ferien verbringen kann. Großartige Werbung kann ich mir im Moment leider nicht leisten. Wir haben noch nicht mal eine Homepage.«
»Wir machen gerne ein bisschen Werbung für Sie ... äh, für dich«, verspricht Anna.
Die anderen nicken.
»Klar«, sagt Conni.
Frau Mikesch lächelt. »Danke. Das ist lieb von euch.«

Das Zimmer, das sie den Mädchen wenig später zeigt, entpuppt sich als urgemütliche Dachstube mit freiem Blick über Felder, Wiesen und Pferdekoppeln bis aufs Meer.
Links und rechts neben dem Fenster stehen zwei Stockbetten aus hellem Holz. Die Bettwäsche ist mit kleinen Muscheln, Seesternen und Möwen bedruckt.
»Ist das toll hier!« Conni strahlt Frau Mikesch an.
»Wahnsinn!«, sagt Billi.
Dina seufzt glücklich.
»Vielen Dank, dass du uns eingeladen hast.« Anna zieht ein bunt eingewickeltes Geschenk aus ihrer Reisetasche und reicht es der Gastgeberin.

»Haben wir selbst gebacken«, sagt sie, nachdem Frau Mikesch das Papier aufgerissen hat und eine prall gefüllte Keksdose zum Vorschein gekommen ist.
Connie Mikesch bewundert die verzierten Plätzchen und knabbert an einem Herzen. »Was für ein schönes Mitbringsel! Danke schön. Jetzt lass ich euch aber wirklich allein. Packt in Ruhe aus und kommt erst mal an. Wenn ihr fertig seid, findet ihr mich in der Küche. Immer dem Topfklappern nach!« Sie klemmt sich die Keksdose unter den Arm und schlüpft aus der Tür. »Bis später!«
Conni, Anna, Billi und Dina warten einen Moment, dann brechen sie in lauten Jubel aus und hüpfen durch das Zimmer.
»Ich kann einfach nicht fassen, wie toll es hier ist!«, ruft Conni atemlos. »Das Gut, die Pferde, unser Zimmer … Frau Mikesch ist auch klasse! Kann mich mal jemand kneifen? Ich glaub, ich träume. Es ist hier einfach viel zu schön, um wahr zu sein!«
Anna kommt der Aufforderung sofort nach und zwickt sie kräftig in den Arm.
»Aua!«, protestiert Conni. »Danke! Ich glaub, jetzt bin ich wach.«
»Gern geschehen«, grinst Anna.
Billi entert das obere Etagenbett auf der linken Seite und späht aus dem Fenster. »Ist das cool! Von hier aus kann man sogar einen Leuchtturm sehen! Kann ich hier schlafen? Bitte, bitte!« Sie macht ein Gesicht wie ein junger Dackel und fiept dazu.
Die anderen lachen.
»Von mir aus«, sagt Dina und wirft ihre Sachen auf die untere Matratze. »Dann nehm ich das hier.«
Anna und Conni teilen sich das andere Etagenbett.

»Oben oder unten?«, fragt Conni.
»Unten«, sagt Anna.
»Klasse!« Conni klettert in ihr Bett und wirft einen Blick aus dem Fenster. Billi hat Recht: Nicht weit entfernt steht auf einer Landzunge am Strand ein einsamer Leuchtturm. Er ist rot und weiß gestreift. Genau wie Connis Lieblings-T-Shirt. Wenn das kein gutes Zeichen ist!

Nachdem sie ihre Sachen ausgepackt und ein paar Stofftiere und mitgebrachte Bücher im Zimmer verteilt haben, springen sie die schmale Stiege hinunter, die ins Erdgeschoss führt. Der Holzfußboden knarrt unter ihren Füßen. Irgendwo klappert Geschirr. Sie folgen dem Geräusch und finden sich in einer Küche wieder, die so altmodisch eingerichtet ist, als stamme sie noch aus dem vorvorigen Jahrhundert. Die Wände sind bis oben hin mit blauweißen Kacheln bedeckt. An der Decke sind dunkle Holzbalken zu sehen. Überall hängen Töpfe und Pfannen, Schöpflöffel und andere Utensilien. Auf der Fensterbank sitzt eine graue Katze und putzt sich. Sie blinzelt nur kurz, als die Mädchen die Küche betreten, und fährt mit der Fellpflege fort. Hinter ihr ist das Fenster zu einem Garten hin weit geöffnet.
Frau Mikesch steht an einem Herd – der neben einem großen Kühlschrank der einzige moderne Einrichtungsgegenstand ist, den Conni auf die Schnelle entdecken kann – und rührt in einem Topf. Sie dreht sich um und deutet auf einen Tisch mit vier Stühlen.
»Setzt euch! Möchtet ihr Tee oder lieber Limo? Hier bei uns gibt's um diese Uhrzeit immer Tee.«
Nach kurzer Beratung entscheiden sich Conni und ihre Freun-

dinnen für den Tee. Auf dem Tisch stehen schon vier Teetassen, eine Schale mit Kandiszucker und eine Teekanne auf einem Stövchen. Daneben türmen sich Marmeladenbrote auf einem Teller.

»Greift zu«, sagt Frau Mikesch lächelnd. »Die Sanddornmarmelade ist selbst gemacht. Eine Spezialität des Hauses. Wisst ihr denn schon, was ihr mit dem Rest des Nachmittags anfangen wollt?«

»Reiten?«, schlägt Anna vor.

»Geritten wird erst morgen«, entgegnet Frau Mikesch. »Auch wenn ihr es nicht spürt, seid ihr bestimmt müde von der Reise. Außerdem muss ich mir in Ruhe überlegen, welche Pferde am besten zu euch passen. Dazu möchte ich euch gerne ein bisschen besser kennenlernen. Ich glaube, morgen nach dem Frühstück ist ein guter Zeitpunkt. Dann verrate ich euch, welches Pferd ihr bekommt. Anschließend dürft ihr dann gleich in den Sattel. Haltet ihr es noch so lange aus?«

»Ja, klar!« Die Mädchen nicken.

»Bekommt jede von uns ein eigenes Pferd für die Zeit, die wir hier sind?«, fragt Conni. Sie spürt schon wieder dieses aufgeregte Kribbeln in ihrem Bauch.

»Natürlich!« Frau Mikesch nickt.

»Cool!«, jubelt Billi.

Dina lächelt verträumt. »Hoffentlich bekomme ich Suleika. Die sieht so lieb aus!«

Frau Mikesch sagt nichts, aber Conni bemerkt, dass sie ebenfalls lächelt.

***

Am Abend lernen sie endlich die anderen Gäste kennen und sehen auch Joscha wieder. Sie haben einen langen Spaziergang gemacht, den Hof und die Gegend erkundet und die Pferde noch einmal besucht. Jetzt sitzen sie im Esszimmer mit Blick auf den Garten und genießen ihr Abendbrot. Es gibt frisches Bauernbrot, Käse, Krabbensalat und Aufschnitt. Conni spürt, wie hungrig sie ist, und greift ordentlich zu.
Anna lässt beinahe ihr Krabbenbrot fallen, an dem sie knabbert, als Joscha plötzlich an ihrem Tisch vorbeigeht. Er hat seine Arbeitskleidung gegen ein schwarzes T-Shirt und eine saubere Jeans getauscht und sieht aus, als hätte er gerade frisch geduscht.
»Er ist ein bisschen unheimlich, findet ihr nicht?«, flüstert sie den anderen zu, als Joscha sie nicht mehr hören kann. »So dunkel und geheimnisvoll irgendwie.«
Conni nickt. Es stimmt. Joscha macht wirklich keinen besonders freundlichen Eindruck. Vielleicht liegt es an seiner merkwürdigen Frisur? An der schwarzen Kleidung? Oder an seiner Größe? Seine Oberarme sehen ganz schön muskulös aus.
Kein Wunder, denkt Conni. Wenn er den ganzen Tag Schubkarren durch die Gegend schiebt.
Ohne auf die Mädchen zu achten, schlappt Joscha quer durch den Raum, setzt sich an einen Ecktisch und widmet sich seinem Abendbrot, das er mit wenigen Bissen verschlingt.
Als seine Mutter das Speisezimmer betritt, um die Brotkörbe aufzufüllen, stellt er schon sein Geschirr zusammen.
»Ich hau noch mal ab«, hört Conni ihn sagen.
»Komm nicht zu spät wieder«, sagt Frau Mikesch.
Joscha nickt ihr flüchtig zu und nimmt einen Apfel aus dem

Obstkorb, der auf der Anrichte steht. Dann ist er verschwunden. Kurz darauf knattert ein Moped vom Hof.
Conni fragt sich, wohin er um diese Zeit noch fährt. Ringsherum gibt es nichts als Wiesen, Äcker und einen kilometerlangen Deich. Ob er eine Freundin in der Stadt hat? Oder will er einfach nur ein bisschen in der Gegend herumfahren? Was machen Jungs in seinem Alter in ihrer Freizeit? Conni hat keinen Schimmer.
Sie mustert verstohlen die anderen Gäste. Frau Mikesch hat sie vor dem Abendbrot miteinander bekannt gemacht.
Am Nebentisch sitzt Frau Jacobi, die ältere Dame, die ihr eigenes Pferd mitgebracht hat. Sie hat kurze, graue Haare und ein freundliches, braun gebranntes Gesicht. Man sieht ihr an, dass sie sich gerne im Freien aufhält. Anna hat aufgeschnappt, dass sie eine pensionierte Grundschullehrerin aus Bochum ist und gerne früh aufsteht, um bei Sonnenaufgang ihre Yoga-Übungen zu machen.
Das frisch verheiratete Pärchen aus der Schweiz, Claire und Pierre, ist ebenfalls nett. Allerdings haben die beiden nur Augen füreinander.
Conni fragt sich, was die ausgerechnet auf einem Reiterhof am Meer wollen, wenn sie von ihrer Umgebung doch sowieso nichts wahrnehmen. Genauso gut hätten sie in der Schweiz bleiben und sich auf einer Bergwiese anschmachten können, denkt sie. Sie unterdrückt ein Kichern, als Pierre sich über den Tisch beugt, um Claire zum geschätzten hundertsten Mal an diesem Abend zu küssen.
Die Familie mit den kleinen Kindern hat schon früher zu Abend gegessen und spielt jetzt auf der Wiese hinter dem Haus

Fußball. Die Kinder sind süß und lebhaft und haben genauso braune Locken wie ihre Eltern.
»Wisst ihr, was?«, sagt Conni zu den anderen.
»Nee«, sagt Billi. »Was denn?«
Conni lächelt. »Mir gefällt's hier richtig gut!«
»Uns auch«, erwidern ihre Freundinnen im Chor. »Und wie!«

Als Conni später in ihrem Bett liegt, das sie an eine gemütliche Koje auf einem Schiff erinnert, ist sie rundum glücklich. Im Zimmer ist es ruhig. Dina schläft schon tief und fest. Vorher hat sie nicht nur die Dachkammer und die Einrichtung in allen Einzelheiten gezeichnet, sondern auch den Ausblick auf den Deich und den Leuchtturm in ihrem Skizzenbuch verewigt.
Billi liest in einem dicken Fantasy-Schmöker. Anna hört Musik von ihrem MP3-Player und schreibt eine ellenlange SMS an Mark.
Draußen ist es inzwischen schon fast dunkel. Der Vorhang vor dem Fenster ist nicht ganz zugezogen. In regelmäßigen Abständen schickt der Leuchtturm seinen Strahl über das Land und taucht das Dachzimmer für einen Augenblick in helles Licht.
Conni angelt ihr Tagebuch und einen Stift unter dem Kopfkissen hervor. Sie fährt mit der Hand über den Einband. Das Tagebuch ist noch ganz neu. Das alte hat sie kurz vor ihrer Abreise vollgeschrieben. Dass das neue mit unzähligen kugelrunden Miniponys bedruckt ist, passt perfekt! Eins der Ponys sieht wie eine kleinere Ausgabe von Fidelio aus.
Sie knipst das Leselämpchen über ihrem Bett an und fängt an zu schreiben:

Der Reiterhof Pappelslott ist supertoll!
Ich freu mich schon auf morgen. Dann teilt uns Connie-mit-e unsere Pflegepferde zu.
Hoffentlich bekomme ich Little Joe!!!
Aber auch wenn nicht, werden wir hier bestimmt viel Spaß haben. Das weiß ich GENAU.
Geht nämlich gar nicht anders. :-)

Sie lässt den Kugelschreiber sinken und zählt die Sekunden, die der Lichtstrahl des Leuchtturms braucht, bis er wiederauftaucht. Es sind genau neun. Jeder Leuchtturm hat seinen eigenen Takt, an dem die Seefahrer ihn erkennen können. Das haben sie mal in der Schule durchgenommen.

»Faszinierend«, murmelt Conni. Sie schiebt das Tagebuch und den Stift unter das Kopfkissen und gähnt.

Billi ist mit ihrem Buch auf dem Bauch eingeschlafen. Auch Anna hat sich schon zusammengerollt.

»Gute Nacht«, flüstert Conni und knipst die Lampe aus.

Während der einsame Leuchtturm unermüdlich blinkt und blinkt, träumt das Kleeblatt einem neuen, aufregenden Tag entgegen.

Am nächsten Morgen herrscht windiges, ungemütliches Wetter. Der Himmel über dem Meer sieht schmutzig und grau aus. Feiner Sprühregen benetzt das Fenster. Obwohl die Freundinnen nicht viel geschlafen haben – sie sind kurz nach Mitternacht alle gleichzeitig aufgewacht und haben den Rest der Nacht damit verbracht, zu quatschen, sich Gruselgeschichten auszudenken und sich gegenseitig vom Einschlafen abzuhalten –, sind sie schon früh aus ihren Betten gesprungen. Schließlich hat Frau Mikesch ihnen versprochen, gleich nach dem Frühstück die Pferde zuzuteilen. Sie können es kaum erwarten, nach unten in den Frühstücksraum zu kommen.
Aufgeregt drängen sie sich um das Waschbecken in dem engen Badezimmer, das zu ihrer Dachkammer gehört.
»Isch hab letschte Nacht von Joscha geträumt«, nuschelt Anna, den Mund voller Zahnpastaschaum.
»Echt?«, fragt Dina.
»War's ein Albtraum oder eher romantisch?«, will Conni wissen.
»Romantisch? Der Typ war ein Zombie und hat misch verfolgt!« Anna verdreht die Augen. »Schum Glück habt ihr misch rechtzeitig geweckt!«
Dina kichert.

»Wie alt er wohl ist?«, fragt Billi.
»16? 17? Keine Ahnung.« Conni bindet ihre Haare zu einem Pferdeschwanz zusammen. »Auf jeden Fall hat er gestern total düster geguckt. Kann gut sein, dass er ein Zombie ist. Aber vielleicht hatte er auch einfach nur schlechte Laune.«
»Gut möglich«, stimmt Billi ihr zu.
»Wasch Frau Mikesch wohl damit meinte, dasch er ihr Pflegeschohn ist?« Anna spuckt den Schaum aus und gurgelt mit kaltem Wasser.
»Vielleicht kommt er aus schwierigen Verhältnissen.« Dina flüstert, als hätte sie Angst, jemand könnte sie belauschen.
»Aus schwierigen Verhältnissen … Wie sich das anhört!« Billi zeigt ihr einen Vogel und prustet los.
»Kann aber doch sein!«, erwidert Dina schmollend.
»Du meinst, er hat keine Familie? Er kommt aus einem Heim? Oder aus einer Einrichtung für schwer erziehbare Jugendliche? So was in der Art?« Annas Augen werden riesengroß.
»Jetzt übertreibt ihr aber echt!« Conni gibt zuerst Anna und dann Dina einen Klaps mit der Haarbürste und lacht.

Wenig später sitzt sie zusammen mit den anderen im Frühstücksraum und knabbert an einem Brötchen. Während Billi und Anna ordentlich zugreifen, muss sie sich zu jedem Bissen zwingen. Sie ist doch nicht etwa nervös?
Nur Dina scheint noch weniger Appetit zu haben als sie. Genau wie Conni rührt sie ihr Frühstück kaum an und starrt die ganze Zeit aus dem Fenster auf den wolkenverhangenen Himmel. Ab und zu seufzt sie leise.
»Seid ihr schon aufgeregt?«, kichert Anna.

»Nö. Warum?« Billi beißt krachend in ihr Brötchen und spült mit einem großen Schluck Kakao hinterher.
»Ich schon«, gibt Dina unumwunden zu.
Sie sieht um die Nasenspitze tatsächlich ganz schön blass aus, bemerkt Conni und nickt.
»Ich auch ein bisschen. Immerhin bin ich schon ewig lange nicht mehr geritten. Ich weiß gar nicht, ob ich's noch kann. Wenn wir wenigstens schon wüssten, welche Pferde wir kriegen!«
Sie hätte es nicht für möglich gehalten, dass die bevorstehende Reitstunde sie so beschäftigen würde. Das aufgeregte Kribbeln in ihrem Magen ist kaum noch auszuhalten. Oder gehört das so? Warum ist sie nicht so cool wie Anna und Billi? Die scheinen sich überhaupt keine Gedanken zu machen und freuen sich einfach nur. Klar, Conni freut sich auch. Sehr sogar. Und doch mischt sich diese blöde Anspannung unter ihre Vorfreude. Die ganze Zeit drückt sie unter dem Tisch heimlich einen Daumen, dass sie den hübschen Braunschecken als Pflegepferd zugeteilt bekommt, Joschas Pferd. Irgendetwas sagt ihr, dass sie sich mit Little Joe richtig gut verstehen würde. Vielleicht, weil er Flecki so ähnlich sieht.
Aber ob dieser komische Joscha überhaupt jemand anderen auf ihm reiten lässt? Frau Mikesch hat erzählt, dass er den Wallach als Fohlen geschenkt bekommen hat und sehr an seinem Pferd hängt. Vielleicht steht Little Joe ja gar nicht als Schulpferd zur Verfügung. Wer weiß.
Conni trinkt einen Schluck Milch, um ihren Magen zu beruhigen. Anschließend würgt sie das restliche Brötchen herunter und schiebt sogar noch ein paar Gabeln Rührei hinterher.

Schließlich will sie später nicht vor Hunger vom Pferd fallen. Das wäre echt zu peinlich!
»Frau Jacobi hat's gut«, murmelt sie. »Die hat ihr eigenes Pferd.«
»Stimmt.« Anna grinst breit. »Ein eigenes Pferd ist Goldes wert. Alter Reiterspruch.«
Alle lachen. Conni auch. Sie spürt, wie sie sich ein bisschen entspannt.
Frau Mikesch kommt an den Tisch.
»Seid ihr so weit?«, fragt sie freundlich.
Anna und Billi nicken.
Conni und Dina wechseln einen kurzen Blick.
»Na klar«, sagt Conni und gibt Dina einen Stups. »Auf geht's!«
Sie folgen Connie Mikesch hinaus auf den Hof und finden sich kurz darauf in einer Sattelkammer wieder. Frau Mikesch zeigt ihnen, wo Halfter, Zaumzeuge, Decken und Sättel hängen. In einer Ecke entdeckt Conni mehrere unaufgeräumte Kisten mit Putzzeug. Auf schmalen Regalbrettern stehen Flaschen, Tiegel und Dosen mit Lederfett, Sattelseife und Pferdeshampoo.
»Ihr dürft alles benutzen«, sagt Frau Mikesch, »aber bitte stellt es auch wieder zurück.«
Die Mädchen versprechen es.
Dann geht es endlich los! Conni hat überhaupt keine Zeit mehr, sich noch Gedanken zu machen. Frau Mikesch drückt ihr ein rotes Halfter in die Hand.
»Das Halfter gehört Hummel. Ich glaube, sie passt gut zu dir.«
Also nicht Little Joe? Schade … Conni lässt sich ihre Enttäuschung nicht anmerken. Sie bedankt sich und wartet ungeduldig auf die anderen Namen.

Es ist spannender als in der Schule, wenn die Arbeiten zurückgegeben werden, denkt sie. Fast wie eine Pferde-Lotterie.
Anna bekommt ein Pferd namens Juno zugeteilt. Der Name von Billis Pflegepferd lautet Karlsson.
Billi lacht. »Hey, der Name gefällt mir!«
Dinas Nasenspitze ist in der Zwischenzeit noch blasser geworden. Frau Mikesch reicht ihr ein helles Lederhalfter.
»Suleika wartet auf dich«, sagt sie. »Du hast sie gestern schon kennengelernt. Sie ist noch scheu und zurückhaltend, aber wenn du ihr hilfst, wird sie schnell merken, dass sie keinen Grund dazu hat.«
Dina zögert, bevor sie das Halfter entgegennimmt.
»Aber ich weiß gar nicht, ob ich das kann!«
»Natürlich kannst du das«, widerspricht Frau Mikesch. »Die Kleine wird schnell Vertrauen zu dir fassen. Du brauchst nur ein bisschen Mut und Geduld.«
»Okay«, nickt Dina. »Ich kann's ja versuchen.«
Es klingt nicht sehr überzeugt. Conni stupst sie aufmunternd mit dem Ellbogen an.
»Hey, hab ich dir nicht gesagt, dass du und Suleika super zueinander passt?«
Dina lächelt verlegen.
»Dann lasst uns jetzt endlich zu den Pferden gehen«, sagt Frau Mikesch. »Joscha hat sie vorhin auf die Hauskoppel gebracht und geputzt. Ab jetzt seid ihr dafür zuständig.«
»Logo«, meint Anna.
»Klar«, nickt Billi.
Conni lächelt. Sie hat zwar keine Ahnung, welches von den Pferden auf der Koppel Hummel ist, aber der Name ist ihr

schon mal sehr sympathisch. Auch dass das Halfter so schön rot ist, gefällt ihr. Schließlich ist Rot ihre absolute Lieblingsfarbe und sie hat heute ein rotes T-Shirt an. Wenn das kein gutes Vorzeichen ist!

Auf dem Weg zu den Pferden kommt ihnen ein großer schwarzbrauner Hund entgegen, der einen Tennisball im Maul spazieren trägt. Er lässt den Ball fallen, wedelt mit dem Schwanz und begrüßt sie mit einem dunklen »Wuff!«.
»Darf ich vorstellen?« Connie Mikesch fährt dem Hund mit einer Hand durch das Fell. »Das ist Balu, unser Hofhund. Er ist gestern geimpft worden und hat beleidigte Leberwurst gespielt. Deshalb bekommt ihr ihn jetzt erst zu Gesicht.«
»Ist der süß! Was für eine Rasse ist das? Ich hab zu Hause auch einen Hund!« Anna kniet sich sofort hin und streichelt Balus Kopf.
»Er ist ein Leonberger«, antwortet Frau Mikesch. Sie hebt den zerkauten Tennisball auf und wirft ihn quer über den Hofplatz. Balu runzelt die Augenbrauen und scheint kurz zu überlegen. Dann trottet er gemächlich hinter seinem Ball her und legt sich neben ihn. Die Mädchen lachen. Als ein Pferd wiehert und das Klappern von Hufeisen zu hören ist, drehen sie sich um.
Joschas Schecke tänzelt über das Kopfsteinpflaster. Sein Besitzer führt ihn am Halfter. Er bleibt stehen, als er die Mädchen sieht, und grinst. »Ah, große Prinzessinnenreitstunde!«
»Joscha!«, sagt Frau Mikesch streng, aber der Junge grinst weiter.
»Wieso Prinzessinnen?«, knurrt Billi leise. »Hat der sie noch alle? Meint der etwa uns?«

»Psst!«, zischt Anna ihr zu.
Conni runzelt die Stirn. Dina schaut schnell woandershin.
Little Joe hebt den Kopf und wiehert noch einmal. Joscha legt ihm eine Hand auf den Hals, dann stellt er sich an die linke Seite des Wallachs und greift in dessen Mähne. Mit einem einzigen Satz schwingt er sich auf den bloßen Pferderücken und legt die Schenkel leicht an. Der Schecke trippelt auf der Stelle.
»Viszontlátásra«, sagt Joscha. Er wendet Little Joe auf der Hinterhand, schnalzt mit der Zunge und reitet davon, ohne sich noch einmal umzuschauen. Balu springt auf und folgt ihm. Seinen Ball lässt er liegen.
Die Mädchen starren dem merkwürdigen Trio hinterher. Frau Mikesch seufzt.
»Reitet er immer ohne Sattel und Zaumzeug?«, fragt Anna. In ihrer Stimme schwingt Bewunderung mit, das kann Conni genau hören.
»Nur wenn er es besonders eilig hat«, antwortet Frau Mikesch und seufzt noch einmal.
»Was hat er gesagt?«, flüstert Dina Conni zu. »Was sollte das heißen?«
»Du meinst dieses Wissontlahtaschra?« Conni zuckt mit den Schultern. »Keine Ahnung.«
»Hörte sich wie eine Geheimsprache an«, meint Anna.
»Ich glaub, das war Ungarisch«, sagt Billi nachdenklich. »Aber ich bin mir nicht sicher.«

Hummel entpuppt sich als kugelrunde Haflingerstute mit langer, hellblonder Mähne und einem freundlichen Gesicht.
»Hey, ihr habt genau die gleiche Haarfarbe!«, stellt Anna fest.

»Stimmt!«, lacht Conni. »Aber sie hat kein rotes Haargummi!«
Sie hält Hummel die ausgestreckte Hand hin und lässt die Stute daran schnuppern. Hummel erwidert die Begrüßung mit einem Brummeln und fährt mit der Zunge über die Handinnenfläche. Conni muss sich sehr beherrschen, um die Hand nicht zurückzuziehen. Die feinen Tasthaare an Hummels Maul kitzeln wie verrückt. Geschickt streift sie Hummel das rote Halfter über und klinkt die Führleine ein. Frau Mikesch hat gesagt, dass sie die Pferde zum Sattelplatz führen sollen, um sie noch einmal gründlich überzuputzen und die Hufe auszukratzen, bevor sie sie satteln und aufzäumen.
»Das Halftern ging ja schon mal prima«, raunt Conni Hummel zu und klopft ihr zum Dank den Hals.
Neben ihr hilft Frau Mikesch Dina beim richtigen Anlegen des Halfters und zeigt ihr, wie man den Karabinerhaken der Führleine schließt.
Anna und Billi haben es alleine geschafft. Sie stehen mit erwartungsvollen Gesichtern neben ihren Pferden. Conni winkt ihnen zu. Billi winkt zurück und hebt einen Daumen. Ihr Pflegepferd Karlsson ist ebenfalls ein Haflinger. Allerdings ist sein Fell viel dunkler und seine Mähne fast weiß. Außerdem ist er ein bisschen kleiner als Hummel. Mit seinen frechen Augen, die unter der Stirnmähne hervorblitzen, passt er richtig gut zu Billi.
Annas Pferd Juno ist ein schlanker Rappe mit vier weißen Stiefeln und einer Schnippe auf der Nase. Conni lächelt. Wenn sie den verklärten Blick ihrer besten Freundin richtig deutet, hat Anna sich auf der Stelle in Juno verliebt. Zu Connis Erleichterung klappt auch das Aufzäumen und Satteln wie am

Schnürchen. Beim Auskratzen der Hufe hat sie fast das Gefühl, als hätte sie nie etwas anderes getan. Hummel steht mustergültig still und gibt die Hufe fast von ganz allein.
»Gelernt ist gelernt«, lobt Frau Mikesch, die herumgeht und jeden Handgriff beobachtet. »Das ist wie beim Radfahren.«
Conni spürt, dass sie rot wird, und kontrolliert lieber noch einmal den Sattelgurt. Manche Pferde halten die Luft an, sobald man den Gurt stramm zieht. Wenn man dann das Nachgurten vergisst, erlebt man beim Aufsitzen eine böse Überraschung. Der Sattel rutscht unter den Pferdebauch – und schon liegt man auf der Nase!
Aber Hummel scheint zu den braven Pferden zu gehören. Der Sattelgurt sitzt perfekt. Conni tätschelt die Schulter der Stute und verscheucht mit der anderen Hand eine aufdringliche Fliege.

Im Gänsemarsch – jeweils mit einer Pferdlänge Abstand zum Vordermann – geht es anschließend auf den Reitplatz. Er liegt im Halbschatten hinter der Scheune und ist von einem weißen Lattenzaun umgeben. Conni versucht sich daran zu erinnern, was die Tafeln mit den Buchstaben bedeuten, die in regelmäßigen Abständen an der Umrandung befestigt sind. Sie haben etwas mit den Hufschlagfiguren zu tun, das weiß sie genau.
»Halbe Bahn, ganze Bahn, durch die Bahn wechseln …«, murmelt sie vor sich hin.
Frau Mikesch lacht. »Die Bahnfiguren brauchen wir erst mal nicht. Zuerst möchte ich mir anschauen, wie ihr im Sattel sitzt. Und später werdet ihr bestimmt lieber Ausritte machen, als im Dressurviereck zu schwitzen.«

»Au ja!«, ruft Anna. »Ich möchte so gerne mal ans Meer reiten!«
»Ich auch«, schließt Conni sich an. Von einem Galopp am Meer träumt sie schon ewig. Nur sie und die Pferde und ihre allerbesten Freundinnen ... Das muss einfach herrlich sein!
Billi und Dina nicken – wobei Dinas Nicken eher zögerlich ist.
»Ich glaub, ich versuch's lieber erst mal in der Reitbahn«, sagt sie.
»Das ist vollkommen in Ordnung.« Frau Mikesch lächelt zustimmend und hilft ihr beim Aufsteigen.
Als alle im Sattel sitzen, geht sie herum und kontrolliert Sitz und Zügelhaltung. Bei Anna und Juno bleibt sie stehen. »Du hast eine sehr gute Haltung. Prima!«
Anna wird zartrosa unter ihrem Reithelm. Sie freut sich über das Lob.
»Ich möchte im Herbst das Jugendreitabzeichen machen«, sagt sie stolz.
»Dann kann ich dir bestimmt nicht mehr viel beibringen«, erwidert Frau Mikesch.
Annas Wangen werden noch eine Spur röter.
Auch bei Conni bleibt die Reitlehrerin stehen. Sie drückt Connis Fersen ein wenig tiefer und macht sie darauf aufmerksam, dass ein Zügel verdreht ist. Conni korrigiert den Fehler schnell und setzt sich einen Tick gerader hin. Frau Mikesch entgeht wirklich nichts.
»Dann wollen wir mal!«, sagt die Reitlehrerin, als sie mit allem zufrieden ist.
Weil Dina noch unsicher ist, führt Frau Mikesch Suleika am Zügel in einem großen Kreis herum und lässt Dina einige

Gleichgewichtsübungen im Schritt machen. Billi trottet mit Karlsson hinterher und macht einfach alles nach.
Conni und Anna, die schon Reiterfahrung haben, dürfen alleine in der anderen Hälfte der Bahn reiten. Anna übernimmt mit Juno die Tete und reitet vorweg.
Frau Mikesch erklärt, dass der Begriff Tete von dem französischen Wort Tête stammt und übersetzt Kopf heißt.
»Wie praktisch«, meint Billi. »Wir lernen nicht nur Reiten, sondern auch gleich Französisch!«
Alle lachen.

Conni und Anna lassen ihre Pferde am langen Zügel im Schritt auf dem Zirkel gehen, anschließend traben sie versammelt an. Alles geht gut. Conni staunt, wie schnell sie sich wieder an das vertraute Gefühl gewöhnt. Der Geruch der Pferde, das Prusten, das leise Knirschen des Sattels, die gleichmäßigen Bewegungen … Es ist fast wie früher auf Flecki. Oder wie auf Josefina von dem Ponyhof, auf dem sie mal mit Anna war. Allerdings ist Hummel zwar brav, aber auch ziemlich faul. Sie muss die Stute kräftig vorantreiben, um sie im Trab zu halten, und kommt schon bald ins Schwitzen.
Anna hat es mit Juno leichter. Der Rappe läuft eifrig voraus, spitzt aufmerksam die Ohren und kaut auf seiner Trense.
Conni wirft einen unauffälligen Blick in die andere Hälfte des Vierecks. Dina und Billi stellen sich ziemlich gut an. Gerade strecken sie ihre Arme seitwärts aus und lassen sie wie Windmühlenflügel kreisen. Danach sollen sie sich in die Steigbügel stellen und im Stehen reiten. Als Frau Mikesch sie auffordert, die Füße aus den Steigbügeln zu nehmen, ein Bein über den

Pferdehals zu schwingen und eine Runde seitwärts zu reiten, macht Dina so ein entsetztes Gesicht, dass Conni kichern muss.

»Hey, schlaf nicht ein!«, kommt prompt ein Ruf von Anna. Sie hat Conni und Hummel schon fast eingeholt und droht sie zu überholen. Conni legt sofort die Schenkel an und trabt leicht an. Unter ihr prustet Hummel.

»'tschuldigung!«, ruft Conni über die Schulter.

»Schon gut!«, ruft Anna zurück. Sie pariert Juno zum Schritt durch, klopft ihm den Hals und lässt ihm die Zügel lang. Der Schwarze streckt sich dankbar. »Macht riesig Spaß, oder?«

Conni folgt ihrem Beispiel und lässt Hummel ebenfalls in den Schritt fallen. »Und wie!«

Auf dem benachbarten Zirkel sitzen Dina und Billi mittlerweile verkehrt herum auf ihren Pferden. Billi grinst und winkt. Dinas Gesicht ist hoch konzentriert auf Suleikas Schweif gerichtet.

»Zu blöd, dass wir keinen Fotoapparat griffbereit haben«, sagt Conni.

Anna greift in die Tasche ihrer Reithose, holt ihr Handy hervor und macht blitzschnell zwei Schnappschüsse von Dina und Billi.

»Erledigt!«, grinst sie und schiebt das kleine Gerät zurück.

»Ob wir heute Nachmittag an den Strand dürfen?«, fragt Conni. »Das Wetter ist so toll!«

»Meinst du mit oder ohne Pferde?«, fragt Anna zurück.

»Am liebsten natürlich mit!« Conni hält Hummel an und blinzelt in den blitzblauen Himmel. Die grauen Wolken vom Morgen haben sich längst verzogen. Nur ein paar harmlose Wattewölkchen hängen noch über der Nordsee. Der Wind

treibt sie vor sich her, als würde er mit ihnen spielen. In der Ferne hört sie Schafe blöken und Möwen schreien. Es ist ein wunderschöner Tag.
Was Phillip wohl gerade macht?
Bestimmt ist er auf irgendeinem Fußballplatz und schießt ein Tor nach dem anderen, denkt Conni und lächelt.

Der Vormittag mit der ersten Reitstunde ist so schnell vorübergegangen, dass Conni sich fragt, ob der Seewind vielleicht nicht nur die Wattewolken, sondern auch die Zeit vor sich hergejagt hat. Oder wo ist sie sonst geblieben?

Nachdem Frau Mikesch den Vormittagsunterricht für beendet erklärt hat, haben sie die Pferde versorgt und auf die Koppel zurückgebracht. Danach gab es schon bald Mittagessen – eine leckere Gemüsesuppe mit Klößchen –, und jetzt liegen sie unter einem knorrigen Apfelbaum neben der Pferdeweide und chillen, wie Anna es nennt.

»Connie-mit-e ist mindestens genauso nett wie unsere Conni-ohne-e, findet ihr nicht?« Billi sitzt im Gras und zupft an einem grünen Halm.

Anna und Dina nicken.

Conni grinst. »Das muss wohl am Namen liegen.«

Sie schnappt sich eine Weintraube aus dem Obstkorb, den Frau Mikesch ihnen mitgegeben hat. Auf der anderen Seite des Zauns stehen die Pferde und dösen.

Sie haben sich ihre Pause wirklich verdient, findet Conni. Obwohl ihr der Reitunterricht nicht besonders anstrengend vorgekommen ist, glaubt sie, jeden einzelnen Muskel und Knochen zu spüren. Ob das daran liegt, dass sie so lange nicht mehr geritten ist?

»Mir tut alles weh. Hoffentlich bekomm ich keinen Muskelkater!« Dina stöhnt auf, als hätte sie Connis Gedanken gelesen. Wie in jeder freien Minute hat sie ihr dickes Skizzenbuch auf dem Schoß und fertigt kleine Zeichnungen von den Pferden an.

»Muskelkater gehört am Anfang dazu«, erwidert Anna ungerührt.

»Ich find's cool, dass wir heute Nachmittag noch mal reiten dürfen.« Billi streckt sich lang im Gras aus. »Karlsson ist ja so süß! Am liebsten würde ich ihn einpacken und mit nach Hause nehmen.«

»Deine Eltern würden sich bestimmt freuen«, grinst Conni. »Besonders, wenn du ihn bei euch auf dem Balkon parkst und er die Blumen und Kräuter deiner Mutter auffrisst!«

Bei der Vorstellung kichern alle.

Conni freut sich auch auf den Nachmittag. Frau Mikesch hat Anna und ihr erlaubt, einen kleinen Ausritt zu machen. Billi und Dina sollen lieber noch ein paar Runden im Viereck drehen und ihre Übungen machen. Die beiden finden das ganz in Ordnung.

»Es macht Spaß, auf Karlsson rumzuturnen«, meint Billi. »Ob das auch im Galopp funktioniert?«

»Klar. Das nennt sich dann Voltigieren«, weiß Anna.

Dina reißt entsetzt die Augen auf. »Im Galopp? Spinnt ihr? Ich bin schon froh, wenn ich nicht im Schritt aus dem Sattel rutsche!«

Billi rupft ein Gänseblümchen aus und wirft es ihr an den Kopf.

»Dem Reitersmann gehört die Welt, es sei denn, dass er runterfällt«, rezitiert Anna.
»Du und deine Sprüche!«, lacht Conni.
Sie angelt ihr Handy aus der Hosentasche. Natürlich hat sie gestern gleich nach der Ankunft mit ihren Eltern telefoniert – genau wie Dina, Anna und Billi –, nur von Phillip hat sie noch nichts gehört. Ob sie ihm mal eine SMS schicken soll?
Warum nicht? Bestimmt freut er sich!
Sie tippt einen kurzen Text und schickt ihn gleich ab.

Hi! Wie geht's?
Mir gut!
Lg C.

Die Antwort lässt nicht lange auf sich warten.

Mir auch. Hab schon 3 Tore geschossen! ☺
Ciao, P.

Cool!!

schreibt Conni zurück.
Sie schiebt das Handy wieder in die Jeanstasche und nimmt sich noch eine Handvoll Trauben.
Plötzlich entsteht nebenan auf der Koppel Unruhe. Fidelio, der etwas abseits der Herde gegrast hat, hebt seinen Kopf und stößt ein schmetterndes Wiehern aus. Wie auf ein geheimes Signal fahren die Köpfe der anderen Pferde hoch. Suleika macht einen erschrockenen Satz und schnaubt, bevor sie wie

die anderen Pferde gebannt auf einen Punkt am Horizont starrt.
»Da hinten reitet jemand.« Conni schirmt ihre Augen mit der Hand ab und späht in die Ferne. Der Gutshof und die Pferdeweiden liegen etwas höher als das übrige Gelände. Man kann gut bis über den Deich schauen.
»Tatsächlich«, murmelt Billi.
In der Nähe des Leuchtturms galoppiert ein Pferd über den Strand. Sein Reiter hat sich wie ein Jockey im leichten Sitz weit nach vorne gebeugt. Auf die Entfernung sind weder das Pferd noch der Reiter genau zu erkennen.
»Das ist bestimmt der gruselige Zombie auf seinem Indianerpferd«, meint Anna.
»Nee, glaub ich nicht«, sagt Dina. »Das Pferd ist grau und nicht gescheckt.«
»Auf jeden Fall ist es ganz schön schnell«, sagt Billi. Ihre Stimme klingt beeindruckt.
»Das ist Frau Jacobi mit Diabolo.« Unbemerkt von den Mädchen ist Connie Mikesch hinter ihnen aufgetaucht. Sie stellt einen Eimer voller Äpfel ins Gras und wischt sich mit einem geblümten Tuch den Schweiß von der Stirn. Neben ihr steht Balu und wedelt mit dem Schwanz. Anna überschüttet ihn sofort mit Streicheleinheiten. Er lässt es geduldig über sich ergehen.
»Diabolo ist ein ausgemustertes Rennpferd, ein Vollblut«, erklärt Frau Mikesch. »Er braucht sehr viel Bewegung.«
»Wow!«, entfährt es Conni. Dass die unscheinbare Frau Jacobi ein echtes Rennpferd reitet, hätte sie der älteren Dame niemals zugetraut!

Frau Mikesch zeigt auf den Eimer. »Wenn ihr möchtet, könnt ihr den Pferden gleich die Äpfel geben.«
»Na klar!«, sagen Conni und Anna gleichzeitig.
Billi und Dina nicken.
»Danach zeige ich euch, wo unsere Fahrräder stehen«, sagt Frau Mikesch. »Vielleicht habt ihr ja mal Lust, die Gegend zu erkunden. Bei uns kann man prima Rad fahren. Falls es euch irgendwann zu langweilig wird, immer nur zu reiten und Pferde anzugucken«, fügt sie augenzwinkernd hinzu.
»Reiten langweilig? Niemals!«, protestiert Anna sofort.
Frau Mikesch lächelt und klopft mit der Hand an ihr Bein. »Komm, Balu!«
»Kann er nicht hierbleiben?« Anna krault den Leonberger hinter den Ohren. Er grunzt, als würde es ihm gefallen.
»Na gut«, nickt Frau Mikesch. »Wir sehen uns dann gleich im Stall.«
Als sie weg ist, krabbeln Conni und ihre Freundinnen zwischen den Holzlatten hindurch auf die Koppel und locken die Pferde an.
Conni legt einen Apfel flach auf ihre ausgestreckte Hand und hält sie Hummel hin. Die Stute nimmt ihn mit Samtlippen auf und zerbeißt ihn. Schon bald tropft ihr weißer Schaum aus dem Maul. Conni lacht. Fidelio stupst sie von hinten an und wirft sie fast um. Conni reicht ihm ebenfalls einen Apfel. »Bitte schön, du Frechdachs!«
Die Freundinnen bemühen sich, das Obst so gerecht zu verteilen, dass jedes Pferd etwas abbekommt. Sogar Balu schnappt sich einen Apfel und verputzt ihn mit wenigen Bissen. Im Nu ist der Eimer leer.

»Schade«, meint Billi.
Sie winken den Pferden zu, klettern wieder durch den Zaun auf die andere Seite und machen sich auf den Weg zum Stall. Balu trottet voraus. Als sich das Geräusch eines auf Kopfsteinpflaster trabenden Pferdes nähert, bleibt er stehen und bellt. Anna legt ihm schnell eine Hand auf den Rücken, um ihn zu beruhigen.
»Wuff!«, macht Balu und schaut zu ihr auf.
Frau Jacobi biegt mit ihrem grauen Vollblut um die Hofecke und hebt zum Gruß die Gerte.
»Hallo!«, ruft sie freundlich und ein bisschen außer Atem. »Das ist ja ein nettes Empfangskomitee!«
Sie pariert Diabolo durch und klopft seinen schweißnassen Hals. Dann zieht sie beide Füße aus den Steigbügeln und schwingt sich aus dem Sattel. Diabolo reibt seinen Kopf an ihrer Schulter.
»Wir haben Sie gesehen«, sagt Billi. »Sie waren ganz schön schnell!«
Frau Jacobi lächelt, während sie die Steigbügel hochschiebt und zuerst den Sattelgurt und anschließend Kinn- und Kehlriemen an Diabolos Zaumzeug lockert. »Er ist und bleibt ein Galopper. Rennen ist sein Leben. Und mich hält es auch in Schwung.«
»Toll!«, sagt Conni beeindruckt.
Kaum ist Frau Jacobi mit Diabolo im Stall verschwunden, erklingt neuerliches Hufgetrappel auf dem Hof. Diesmal ist es Joscha, der auf Little Joe um die Ecke trabt.
»Der gruselige Zombie und sein Indianerpferd«, raunt Anna den anderen zu. Conni muss sich auf die Unterlippe beißen, um nicht loszuprusten.

Im Gegensatz zu Frau Jacobi, die von ihrem mattschwarzen Reithelm bis zu den Spitzen ihrer Lederstiefel wie eine Reiterin aus dem Katalog perfekt gekleidet ist und außerdem kerzengerade im Sattel ihres Pferdes saß, scheint Joscha sich nicht besonders viel aus Äußerlichkeiten zu machen. Jeans, T-Shirt und Turnschuhe genügen ihm. Das einzige Zugeständnis an eine angemessene Bekleidung ist ein Helm. Statt eines Zaumzeugs trägt Little Joe ein geflochtenes Reithalfter ohne Gebiss. Auf einen Sattel hat Joscha ebenfalls verzichtet. Er lenkt den Schecken mit sanftem Schenkeldruck und Gewichtsverlagerung. Den leichten, ebenfalls geflochtenen Zügel hält er locker in einer Hand. Er grinst, als er die Freundinnen sieht, und sagt etwas, das wie »Servustock« klingt.

»Wie bitte?« Anna zieht die Nase kraus.

»Hallo!«, wiederholt Joscha auf Deutsch. Er wendet Little Joe auf der Hinterhand und reitet Richtung Pferdekoppel davon.

»Auch hallo«, murmeln die Mädchen zurück.

Conni runzelt die Stirn. Dieser Joscha ist wirklich merkwürdig, nicht nur äußerlich.

»Was für eine Sprache ist das nur?«, fragt sie die anderen, als er außer Sicht- und Hörweite ist.

»Ich wette, Ungarisch«, antwortet Billi. »Das hört sich so an.«

»Aber wieso spricht der Pflegesohn von Frau Mikesch ungarisch?«, fragt Dina nachdenklich.

»Weil er aus Ungarn stammt.« Frau Mikesch steht in der Stalltür. Sie lächelt, wirkt aber gleichzeitig bedrückt. »Joscha ist das Patenkind meines verstorbenen Mannes«, fährt sie fort. »Victor, mein Mann, ist vor einigen Jahren bei einem Zugunglück in der Nähe von Budapest ums Leben gekommen, zusammen mit Joschas Eltern. Ich habe Joscha damals nach Deutschland geholt und ihn bei mir aufgenommen.«

Die Freundinnen schweigen betroffen.

»Das ist ja –«, setzt Conni an. Traurig, wollte sie eigentlich sagen. Sie schluckt es schnell herunter.

»Und du machst hier alles allein? Den Hof, die Pension und die Pferde?«, fragt Billi.

»Joscha hilft mir, so gut er kann, wenn er nicht in der Schule ist«, erwidert Frau Mikesch. »Er liebt Tiere und die Natur. Und er kann sehr gut reiten. Er ist der festen Überzeugung, dass einer seiner Vorfahren ein magyarischer Häuptling gewesen ist. Vielleicht habt ihr in der Schule schon mal von den alten Reitervölkern gehört?«

»Klar«, nickt Anna.

»Mongolen, Hunnen, Skythen, Kosaken, Magyaren, Tataren und noch ein paar mehr«, zählt Conni auf.

»Stimmt«, sagt Frau Mikesch. »Ein bisschen was davon steckt anscheinend auch in Joscha.«

»Ich glaube, sogar eine ganze Menge«, meint Billi. »So, wie der reitet. Ganz ohne Sattel und Zaumzeug.«

Conni stimmt ihr zu. Wenn einer gut mit Pferden umgehen kann, dann Joscha!

Frau Mikesch strafft die Schultern. Es ist nicht zu übersehen, dass sie das Thema wechseln möchte.

Bestimmt macht es sie traurig, wenn sie an ihren Mann und den Unfall erinnert wird, denkt Conni mitfühlend.

»Genug geplaudert!« Frau Mikesch klatscht in die Hände. »Wenn wir noch lange hier stehen und uns unterhalten, ist der Nachmittag vorbei. Möchtet ihr radeln oder reiten?«

»Reiten!«, kommt es einstimmig zurück.

Eine halbe Stunde später reiten Conni und Anna über einen sonnenbeschienenen Feldweg. Hummel und Juno gehen Seite an Seite. Hin und wieder schnappt eins der Pferde nach einem Grashalm oder schüttelt die Mähne, um eine Fliege zu verscheuchen. Die Mädchen lassen sie im Schritt am langen Zügel bummeln. Die Luft ist warm, fast stickig. Frau Mikesch hat ihnen erlaubt, bis zu einem kleinen Kiefernwäldchen zu reiten, hinter dem der Leuchtturm steht und der Strand beginnt. Außerdem dürfen sie alle Feldwege benutzen, die zum Gut gehören und als Reitwege markiert sind.

Conni und Anna lassen sich Zeit.

»Ich hätte nie gedacht, dass Connie Mikesch schon Witwe ist«, sagt Anna nachdenklich. »Du etwa? Sie sieht noch so jung aus!«

»Aber das hat doch nichts mit dem Alter zu tun«, erwidert Conni. »So ein Unglück kann jeden Tag passieren. Armer Joscha! Kein Wunder, dass der so komisch ist. Bestimmt ist er einfach nur traurig.«

Anna nickt. »Seltsam, dass meine Mutter mir nichts davon erzählt hat. Oder vielleicht hat sie es erzählt, und ich hab nur nicht richtig zugehört. Keine Ahnung.«

»Ist doch egal«, findet Conni. »Jetzt wissen wir's ja.«

Vor ihnen gabelt sich der Weg. Sie nehmen die Zügel kürzer und halten an. Hummel prustet und schlägt mit ihrem Schweif. Juno scharrt ungeduldig mit einem Vorderhuf.

»Da entlang geht's zum Strand.« Conni zeigt auf ein Hinweisschild.

»Wir sollen aber nicht an den Strand reiten«, erinnert Anna sie.
Conni nickt. Was Anna sagt, stimmt leider. Kurz bevor sie losgeritten sind, hat Frau Mikesch ihnen ziemlich deutlich zu verstehen gegeben, dass sie sich zuerst mit dem Gezeitenkalender vertraut machen müssen, der anzeigt, wann und wie lange Ebbe ist. Es ist viel zu gefährlich, einfach auf gut Glück an den Strand oder ins Watt zu reiten, wenn man nicht weiß, wann die Flut kommt, hat Frau Mikesch gemeint.
»Okay, dann reiten wir rechts rum.« Conni legt seufzend die Schenkel an. »Da ist man schon mal am Meer, und dann bekommt man es nur aus der Ferne zu sehen. Ganz schön doof, oder?«
»Hallo?« Anna grinst. »Connie hat uns verboten, an den Strand zu reiten. Sie hat uns aber nicht verboten, zu Fuß zu gehen und uns das Meer mal aus der Nähe anzugucken.«
»Du meinst –«, Conni runzelt die Stirn.
»Klar!« Annas Grinsen wird noch breiter. »Wir sitzen einfach ab und führen die Pferde! Am Zügel führen ist so ähnlich wie spazieren gehen. Das wird ja wohl erlaubt sein.«
»Ich glaub schon.« Conni kichert. Manchmal hat Anna echt die coolsten Ideen!
Sie sitzen ab und schieben die Steigbügel hoch, damit sie nicht gegen die Pferdebäuche schlagen.
»Zu schade, dass Billi und Dina nicht hier sind.« Conni ergreift mit der rechten Hand die Zügel direkt unter dem Kinn ihrer Stute. Sie kichert immer noch.
»Die schwitzen im Viereck und machen die freihändige Windmühle«, lacht Anna. »Die Ärmsten!«
Weil der Weg schmaler wird, geht sie mit Juno voraus. Conni

und Hummel folgen mit einer halben Pferdelänge Abstand. Vor Hummels Nase wedelt Junos Schweif pausenlos hin und her.
Kein Wunder, bei den ganzen Fliegen, Bremsen und Mücken, die hier herumschwirren, denkt Conni.
Sie verscheucht ein besonders hartnäckiges Exemplar, das es auf Hummel abgesehen hat. Die Haflingerstute schubbert dankbar ihren Kopf an Connis Schulter.
»Gern geschehen!« Conni tätschelt Hummels Hals unter der dicken, warmen Mähne und lächelt.
Auf einmal bleiben Anna und Juno ruckartig stehen. Conni schafft es gerade noch, Hummel anzuhalten, bevor sie gegen Junos Hinterteil läuft.
»Hey, was soll das?«, ruft sie nach vorne. »Warum geht's nicht weiter?«
Anna dreht sich um und will etwas sagen. Dann geht alles blitzschnell. Juno steigt und reißt Anna die Zügel aus der Hand. Gleichzeitig ertönt ein ärgerlicher Ruf: »Aus dem Weg! Platz da!«
Conni hört das näher kommende Donnern von Hufen. Sie hat das Gefühl, als würde der Boden unter ihren Füßen beben. Hummel lässt ein warnendes Brummeln hören und zerrt an ihrem Zügel.
»Ho, ho, ganz ruhig«, versucht Conni die Stute zu beruhigen.
Plötzlich wendet Juno auf der Hinterhand und prescht in derselben Sekunde wild schnaubend und augenrollend an ihr vorbei. Conni kann sich im letzten Moment mit einem beherzten Sprung in Sicherheit bringen. Sie landet ziemlich unsanft in einem Brombeerstrauch, aber sie achtet gar nicht darauf und rap-

pelt sich schnell wieder hoch. Anna ruft ihr etwas zu. Es klingt wie eine Warnung. Als Bruchteile von Sekunden später ein zweites Pferd in gestrecktem Galopp den Weg entlangstürmt, ist es mit Hummels Beherrschung vorbei. Sie reißt den Kopf herum. Die Zügel entgleiten Connis Händen. Fassungslos muss sie mit ansehen, wie die sonst so ruhige Haflingerdame Juno und dem fremden Pferd nachjagt und dabei wild buckelt.
»Oh Hilfe, nein …«, presst Conni hervor, während sie der entschwindenden Staubwolke ungläubig hinterherstarrt.
Auf dem anderen Pferd hat eine Reiterin gesessen. Das konnte sie erkennen, obwohl alles so furchtbar schnell ging. Die Reiterin hat sie wütend angefunkelt, ihr etwas zugerufen und die Gerte gehoben, als wollte sie ihr damit drohen, aber sie hat keine Anstalten gemacht, anzuhalten. So etwas Rücksichtsloses!
In Connis Kopf purzelt alles durcheinander. Sie überlegt, ob sie die Verfolgung aufnehmen soll, aber so schnell wie die Pferde kann sie unmöglich laufen. Was für ein Glück, dass keine Straße den Reitweg kreuzt. Wenn Hummel und Juno einfach nur geradeaus laufen, kommen sie direkt zum Hof. Wenn sie nur nicht in die Zügel treten und stürzen!
»Nicht mal daran denken«, flüstert Conni sich selbst Mut zu. Es hilft nicht wirklich. Ihr Herz klopft wie verrückt. Ihre Knie sind weich wie Pudding.
Ein paar Meter weiter steht Anna. Sie starrt Conni an, als könne sie nicht begreifen, was gerade geschehen ist. Mit einem Mal schlägt sie sich die Hände vors Gesicht und schluchzt auf.
Conni ist mit wenigen Schritten bei ihr.
»Tut dir was weh? Bist du verletzt?«, fragt sie erschrocken.

Anna schüttelt den Kopf.
»Nein«, schnieft sie. »Alles okay. Aber die Pferde …«
Conni spürt, wie sie zittert. Die Kratzer vom Brombeerstrauch brennen wie verrückt. Am liebsten würde sie sich hinsetzen und losheulen. Aber das geht jetzt nicht. Zuerst müssen sie unbedingt Juno und Hummel finden und einfangen. Geheult wird später.
»Was ist denn nur passiert?«, fragt sie Anna.
»Diese Tussi kam plötzlich genau auf mich zugaloppiert«, antwortet Anna aufgeregt. »Sie hat geschrien, ich soll Platz machen, und mit ihrer Gerte rumgefuchtelt. Juno ist gestiegen. Ich konnte ihn nicht mehr festhalten. Oh, Mist … Was machen wir denn jetzt? Frau Mikesch flippt aus, wenn wir ohne die Pferde nach Hause kommen!«
Sie guckt Conni ratlos an. Die holt tief Luft.
»Nee, Quatsch. Das glaub ich nicht«, erwidert sie. Sie bemüht sich, ihrer Stimme einen optimistischen Klang zu geben, obwohl ihr ganz und gar nicht danach zu Mute ist. »Frau Mikesch wird froh sein, dass uns nichts passiert ist. Die Pferde laufen bestimmt von allein nach Hause. Bei dem Vorsprung, den sie haben, sind die garantiert vor uns auf dem Hof.«
»Du meinst, sie folgen ihrem Stalltrieb?«, fragt Anna und wischt sich eine Träne von der Wange.
»Klar«, meint Conni. »Machen das nicht alle Pferde automatisch?«
»Keine Ahnung.« Anna zuckt die Schultern. »Bis jetzt hab ich nur darüber gelesen, aber es noch nie selbst ausprobiert. Vielleicht ist das nur so eine Erfindung, damit Reiter sich nicht verrückt machen, wenn so was passiert? Kann doch sein, oder?«

»Nee, Blödsinn. Das glaub ich nicht.« Conni nimmt Annas Hand. »Aber wenn wir noch lange hier rumstehen, werden wir es nie erfahren. Los, komm!«

Anna wischt ihre Brille an einem Zipfel ihres T-Shirts sauber und stolpert neben Conni her. »Dabei wollten wir doch nur ans Meer«, schnieft sie.

»Das können wir später immer noch«, sagt Conni.

»Klar«, nickt Anna. »Vorausgesetzt, Frau Mikesch lässt uns am Leben.«

Der Rückweg kommt Conni viel länger vor als der Hinweg. Ob das daran liegt, dass sie sich solche Sorgen macht? Oder hängt es damit zusammen, dass sie vorhin geritten sind? Schließlich machen Pferde doch viel größere Schritte als Menschen, oder?

»Keine Ahnung«, murmelt sie, während sie ihren Blick über die Landschaft schweifen lässt.

Anna wirft ihr einen fragenden Blick zu.

»Ich hab nur laut gedacht«, sagt Conni. Sie hat keinen Schimmer, wie lange Anna und sie schon durch die Gegend marschieren. Nur dass sie von den Pferden noch keine Spur entdeckt haben, das weiß sie genau. Was sie Frau Mikesch sagen sollen, wenn sie ohne Juno und Hummel nach Hause kommen, haben sie bisher verdrängt. Aber langsam wird es Zeit, sich darüber Gedanken zu machen.

In der Ferne tauchen schon die reetgedeckten Dächer des Gutshofs auf.

Conni seufzt. Sie fühlt sich müde und komplett überfordert. Am liebsten würde sie Phillip anrufen. Wenn der hier wäre, hätte er bestimmt einen Plan. Aber leider ist er nicht hier. Sie seufzt noch einmal.

»Konntest du die Frau eigentlich erkennen?«, fragt sie Anna. Anna bleibt stehen und untersucht einen abgeknickten Zweig am Wegesrand, als wäre sie eine Fährtenleserin und der Zweig ein wichtiger Hinweis.

»Nee«, antwortet sie. »Sie hatte einen grauen Reithelm auf und sah ziemlich böse aus. Ihr Pferd war ein Rotfuchs. Er war auf Kandare gezäumt. Auf viel mehr hab ich in der Hektik nicht geachtet.«

»Ich auch nicht«, sagt Conni und unterdrückt einen weiteren Seufzer. »Was ist noch mal eine Kandare? Ich hab das Wort schon mal in einem Pferdebuch gelesen, aber es fällt mir nicht ein.«

»Ein spezielles Gebiss«, erklärt Anna. »Es besteht aus einer starren Stange und einer dünnen Unterlegtrense und wird meistens von Dressurreitern benutzt. Als wir aufgetaucht sind, hat die Frau ihr Pferd geschlagen«, fährt sie fort. »Das hab ich genau gesehen. Dann ist es plötzlich auf mich zugerast.«

»Sie hat es geschlagen?«, fragt Conni entsetzt. »Bist du sicher?«

Anna nickt.

»Vielleicht ist es deswegen durchgegangen«, überlegt Conni laut. »Oder es hat sich vor irgendwas erschreckt.«

»Nie im Leben!«, widerspricht Anna. »Für mich sah es so aus, als hätte die Frau es absichtlich in unsere Richtung getrieben. Hast du nicht die Sporen gesehen? Die sahen aus wie Dolche! Wenn das Pferd vor etwas weggelaufen ist, dann vor der Gerte und diesen Sporen!«

Conni und Anna starren sich an.

»Du meinst, es war Absicht? Dass sie ihr Pferd zuerst geschlagen und uns dann um ein Haar über den Haufen geritten hat?«

Conni kann es kaum fassen, aber Anna nickt erneut.

»Ja, genauso sah es für mich aus«, erwidert sie. »Das Pferd hatte totale Panik. Es hat seine Augen so verdreht, dass ich das Weiße darin sehen konnte. Kein Pferd rennt freiwillig ein anderes um!«
»Das ist ja furchtbar«, murmelt Conni.
Am liebsten würde sie sofort losspurten und versuchen, die fremde Reiterin einzuholen. Sie würde ihr die Gerte wegnehmen und die Sporen auch. Und dann würde sie ihr gründlich die Meinung sagen. Dass man so nicht mit einem Tier umgehen darf. Ganz abgesehen davon, was alles hätte passieren können! Conni mag gar nicht daran denken. Wären Anna und sie nicht zur Seite gesprungen, hätte die Reiterin sie gnadenlos umgeritten. Trotz des Sonnenscheins jagt ihr schon die bloße Vorstellung einen Schauer über den Rücken.
»Wenn wir nur Hummel und Juno wiederfinden«, sagt sie unglücklich. »Um den Rest kümmern wir uns später.«
Sie gehen weiter.
»Was meinst du damit?«, fragt Anna.
»Dass wir unbedingt herausfinden müssen, wer die fremde Frau war«, antwortet Conni. »Wir können doch nicht zulassen, dass die ihr Pferd quält, oder?«
»Nein«, gibt Anna ihr Recht. »Das können wir nicht.«

Eine Weile stapfen sie schweigend nebeneinanderher, jede in ihre eigenen Gedanken vertieft. Dabei vergessen sie nicht, die Gegend im Auge zu behalten und nach Spuren abzusuchen.
Conni leckt sich über die Lippen. Sie fühlen sich spröde und aufgesprungen an. Sie hat schrecklichen Durst. Seit dem Mittagessen haben sie nichts mehr getrunken. Was würde sie jetzt für ein Glas eiskalte Limo geben!

Plötzlich bleibt sie stehen. Am Horizont bewegt sich etwas. Oder ist es eine Täuschung? Sie hält Anna am Arm fest.
»Siehst du das, was ich sehe? Oder ist das eine Fata Morgana?«
»Wo denn?« Anna kneift die Augen zusammen und blinzelt angestrengt durch ihre Brille.
»Na da!« Conni zeigt nach vorn.
Ungefähr zweihundert Meter vor ihnen marschiert ein Junge über den Feldweg. Er führt rechts und links ein Pferd am Zügel; ein schwarzes und ein fuchsfarbenes. Und dieser Junge sieht aus wie –
»Joscha?«, sagt Anna ungläubig.
Conni kann nicht anders und grinst. »Ja, Joscha. Wenn mich nicht alles täuscht, hat er Hummel und Juno gefunden. Los, komm!«
Durst, Erschöpfung und Verzweiflung sind vergessen. Anna und sie stürmen los, als ginge es darum, ein Wettrennen zu gewinnen.
Schon bald haben sie Joscha und die Pferde fast eingeholt. Sie verringern ihr Tempo, um sie nicht zu erschrecken. Joscha hat sie noch nicht bemerkt. Er spricht leise zu den Pferden.
»Hey!«, ruft Conni ihm halblaut zu. »Warte!«
Joscha wirft einen Blick über die Schulter, bevor er anhält. Juno und Hummel spitzen die Ohren und bleiben ebenfalls stehen. Dann drehen sie sich um und beäugen die Mädchen neugierig.
Conni weiß gar nicht, was sie sagen soll. Hummel und Juno sind wieder da! Sie sind unverletzt! Es geht ihnen gut! Das ist so schön, dass sie auf der Stelle weinen, jubeln und lachen könnte – alles gleichzeitig!

Anna beugt sich vor und stemmt die Hände auf die Oberschenkel. Sie japst und grinst gleichzeitig. »Was für ein Sprint!«
Joscha verzieht keine Miene. Falls er überrascht ist, Conni und Anna zu sehen, zeigt er es nicht.
»Ach …«, sagt er. »So ein Zufall!«
Conni reibt sich verlegen den Nacken, bevor sie auf Hummel zugeht und die Stute streichelt. »Danke, dass du sie eingefangen hast.«
Joscha mustert sie aufmerksam. Dann reicht er ihr Hummels Zügel. Anna nimmt Junos Zügel und vergräbt ihr Gesicht in der Mähne des Rappen.
»Geht's dir gut?«, raunt sie ihm zu. Juno prustet.
»Okay, Mädels. Was ist passiert?« Joscha verschränkt die Arme vor der Brust und wartet auf eine Antwort.
Conni und Anna wechseln einen Blick. Conni fühlt sich nicht wohl unter Joschas Blick. Andererseits sind sie ihm eine Erklärung schuldig.
Sie räuspert sich, holt tief Luft und erzählt ihm alles. Dass sie abgesessen sind; dass plötzlich eine fremde Reiterin aufgetaucht ist; dass Juno und Hummel sich losgerissen haben.
»Die Frau hat ihr Pferd geschlagen! Anna meint, sie hätte es absichtlich auf uns zugetrieben«, schließt sie und schluckt.
Joscha schiebt seine Augenbrauen zusammen, was seinem Gesicht sofort wieder diesen düsteren Ausdruck verleiht.
»Wie sah die Frau aus?«, will er wissen.
»Groß, schlank, dunkelblonde Haare«, sagt Anna. »Ganz normal.«
»Und das Pferd?«
»Ein Rotfuchs ohne Abzeichen.« Annas Antwort kommt wie aus der Pistole geschossen.

Joscha nickt grimmig.
»Euren Pferden geht's gut«, wechselt er das Thema. »Sie standen im Weizenfeld und haben sich die Bäuche vollgeschlagen. Connie muss nichts davon wissen. Sie würde sich nur unnötige Sorgen machen und euch wahrscheinlich nicht mehr alleine ausreiten lassen. Das wollt ihr doch bestimmt nicht, oder?«
Zum ersten Mal lächelt Joscha. Es lässt ihn sofort netter aussehen, findet Conni.
Sie erwidert das Lächeln. Allerdings ist ihr nicht ganz wohl dabei. Connie Mikesch nichts von den Ereignissen zu erzählen, kommt ihr falsch vor. Immerhin gehören ihr die Pferde, und der Vorfall ist auf ihrem Gelände passiert. Hat sie nicht ein Recht darauf, es zu erfahren?
»Warum sollen wir Connie nichts sagen?«, fragt Anna.
Joscha macht ein ernstes Gesicht. »Hab ich doch gerade gesagt. Weil sie euch in Watte packen und nicht mehr aus den Augen lassen würde. Glaubt mir, das ist kein Vergnügen. Ich weiß, wovon ich rede.«
Er dreht sich um und stapft ohne ein weiteres Wort davon.
»Danke!«, ruft Conni ihm hinterher.
Er hebt eine Hand, dreht sich aber nicht mehr um.
Conni und Anna gucken sich ratlos an.
Nachdem sie sich noch einmal selbst davon überzeugt haben, dass es den Pferden wirklich gut geht – sie haben bei ihrer wilden Flucht nicht einmal einen Kratzer davongetragen –, lassen sie die Steigbügel herunter und sitzen auf.
»Frau Mikesch würde garantiert Verdacht schöpfen, wenn wir zu Fuß nach Hause kämen«, meint Conni.
Anna stimmt ihr zu. Trotzdem fühlen sie sich nicht besonders

wohl in ihrer Haut und schweigen nachdenklich, als die Pferde sich langsam in Bewegung setzen.
Von Joscha ist weit und breit nichts mehr zu sehen.

***

»Das ist ja echt der Wahnsinn! Warum muss so was ausgerechnet dann passieren, wenn Dina und ich nicht dabei sind?« Billis Augen sind kugelrund.
»Ich bin ganz froh, dass ich nicht dabei war«, gesteht Dina kleinlaut.
»Ich hätte auch gut darauf verzichten können«, gibt Conni zu.
Es ist Abendbrotzeit. Die Freundinnen sitzen an ihrem Tisch im Speiseraum und versuchen, sich auf den leckeren Gemüseauflauf zu konzentrieren, der auf ihren Tellern dampft.
Es ist gar nicht so einfach, sich dem Essen zu widmen. Ständig kommt eine von ihnen auf das Abenteuer zurück, das Anna und Conni erlebt haben. Immer wieder müssen die beiden es vom Anfang bis zum Ende erzählen und dürfen dabei keine Einzelheit auslassen.
»Das arme Pferd!«, sagt Dina.
»Nur gut, dass euch nichts passiert ist«, meint Billi.
»Pscht, nicht so laut!«, zischt Anna, als Frau Mikesch sich nähert. Sie setzt ein unverfängliches Lächeln auf.
»Schmeckt's euch?«, fragt Frau Mikesch.
»Total lecker!« Conni bemüht sich, ihr schlechtes Gewissen im Zaum zu halten.
Zum Glück taucht in diesem Moment die Familie mit den drei wild gelockten Kindern auf. Conni und ihre Freundinnen haben inzwischen erfahren, dass sie Nils, Fiona und Marie

heißen. Kurz nach der Familie betreten Frau Jacobi und das Schweizer Liebespaar den Raum.
Frau Mikesch nickt allen freundlich zu und begleitet Frau Jacobi zu ihrem Tisch, wo sie sich erkundigt, was sie zum Abendessen trinken möchte.
Die Mädchen atmen auf.
»Wo Joscha wohl steckt?«, wispert Conni den anderen zu.
»Ich will es gar nicht wissen«, flüstert Anna zurück. »Der Typ ist mir unheimlich.«
»Immerhin hat er euch heute gerettet«, gibt Billi zu bedenken.
Anna muss zugeben, dass sie Recht hat.
»Trotzdem«, murmelt sie.

Nach dem Abendbrot gehen sie noch einmal zu den Pferden. Hummel und Juno grasen mit der Herde, als wäre nichts geschehen. Conni fällt ein Stein vom Herzen, als sie es sieht.
»Haben Pferde eigentlich ein gutes Gedächtnis?«, fragt sie Anna. Die zuckt mit den Schultern.
»Ich glaub schon. Wieso?«
»Nur so«, sagt Conni. Insgeheim hofft sie, dass Hummel und Juno das Erlebte ganz schnell vergessen. Nicht, dass die beiden einen Schock fürs Leben erlitten haben! Ihre eigenen Knie fühlen sich jedenfalls immer noch ziemlich zitterig an.
Als sich Dinas Handy mit den ersten Takten eines Songs meldet, schauen alle gleichzeitig auf.
Dina wird ein bisschen rot und wendet sich halb um, bevor sie sich meldet. Anna grinst.
»Jede Wette, dass das Daniel ist!«, sagt sie zu Billi und Conni.
Billi hebt eine Augenbraue. »Aber Dina sagt doch immer, dass

sie nur gute Freunde sind und nur zufällig die gleichen Interessen haben, oder?«

Anna lacht. »Ha, ha! Wer's glaubt!«

Conni lockt Hummel heran und krault die Stute hinter den Ohren. Aus dem kleinen Geplänkel hält sie sich heraus. Sie mag Daniel. Dina hat den ein Jahr älteren Jungen auf einem Manga-Workshop in Hamburg kennengelernt und ihn vor einiger Zeit auf etwas abenteuerliche Weise in Neustadt wiedergetroffen. Ob sie nur Freunde sind, wie Dina betont, oder ob mehr dahintersteckt, ist ganz allein Dinas Sache. Obwohl – ein bisschen neugierig ist Conni natürlich schon, wenn sie ehrlich ist. Aber nicht so wie Anna, deren Ohren plötzlich spitzer sind als jedes Pferdeohr.

Anna belauscht Dinas Telefonat so angestrengt, dass sie kaum mitbekommt, dass ihr eigenes Handy losdudelt. Als sie es endlich bemerkt und den Anruf annimmt, meldet sie sich mit »Huch« statt mit »Hallo«.

Conni und Billi prusten los.

Anna verdreht die Augen und säuselt »Hi, Mark« in den Hörer.

»Ist vielleicht gerade ›Happy Hour‹-Tarif und telefonieren besonders günstig?«, fragt Billi belustigt.

»Keine Ahnung.« Conni lacht und wirft gleichzeitig einen unauffälligen Blick auf ihr eigenes Handydisplay. Kein Anruf, keine SMS. Dass Dani und Mark gleichzeitig anrufen, ist sicher nur ein Zufall und hat nichts mit irgendeinem Billigtarif zu tun. Trotzdem könnte Phillip sich ruhig mal melden.

Dina hat ihr Gespräch inzwischen beendet.

»Na?«, fragt Billi frech.

Dinas Wangen sind immer noch von einem Hauch Rosa überzogen. »Das war Daniel. Er wollte nur wissen, wann ich wieder zu Hause bin. Im Kunstmuseum in Burgstadt ist demnächst eine Ausstellung, die wir uns zusammen ansehen wollen.«

»Aha«, sagen Conni und Billi gleichzeitig.

»Nichts ›aha‹!«, entgegnet Dina und lächelt.

Das Knattern eines Motors lenkt die Mädchen ab.

»Ist das Joscha, der Zombie, auf seinem Feuerstuhl?«, fragt Billi.

»Sag nie wieder Zombie zu unserem Pferderetter!« Anna schiebt ihr Handy in die Hosentasche und richtet Grüße von Mark und den anderen Jungs aus.

Conni nickt, ohne ihren Blick von dem Moped zu nehmen, das auf den Hof rollt. Sie hat es gestern neben der Geschirrkammer stehen sehen. Ob es wirklich Joscha gehört? »Wie alt muss man sein, um so ein Ding zu fahren?«, fragt Anna.

Conni zuckt mit den Schultern. »Keine Ahnung. 16 vielleicht?«

Es ist tatsächlich Joscha. Das erkennen die Freundinnen, nachdem er die Maschine abgestellt und seinen Helm abgenommen hat. Er hängt den Helm an den Lenker, beugt sich über den Rückspiegel und zupft mit einer Hand seine Haare zurecht. Plötzlich dreht er sich um und schaut genau in ihre Richtung.

»O-oh«, macht Dina.

»Wieso o-oh?«, fragt Conni.

»Och, nur so.«

»Pst, er kommt!«, zischt Anna.

»Szervusz«, brummt Joscha zur Begrüßung. Er spricht es ›Serwus‹ aus.

Die Mädchen murmeln im Chor »Hallo« zurück.

»Alles klar?« Ohne eine Antwort abzuwarten, stößt Joscha einen kurzen, scharfen Pfiff aus. Little Joes Kopf schießt in die

Höhe. Der Schecke wiehert und setzt sich, ohne zu zögern, in Trab.

»Wow! Hast du ihm das beigebracht?«, staunt Billi.

Joscha nickt wortlos, bevor er über das Gatter klettert und seinem Pferd über den Rücken streicht. Ehe Conni und ihre Freundinnen bis drei zählen können, greift er in den Mähnenkamm und schwingt sich auf den bloßen Rücken des Wallachs. Little Joe bäumt sich leicht auf. Joscha wirft den Mädchen einen kurzen Blick zu, dann legt er die Schenkel an, wendet sein Pferd, schnalzt mit der Zunge und prescht davon.

»Wow!«, entfährt es Billi noch einmal. »Habt ihr das gesehen?«

Anna bohrt ihr den Ellbogen in die Seite.

»Du kannst deinen Mund wieder zumachen«, sagt sie freundlich. »Sonst verschluckst du noch eine Fliege!«

»Will der etwa über den Zaun springen?« Conni hält den Atem an.

Little Joe galoppiert direkt auf die Weideumrandung zu. Sein Reiter macht keinerlei Anstalten, kehrtzumachen oder anzuhalten.

»Ohne Sattel?« Anna runzelt die Stirn.

»Zombies können so was!«, sagt Billi überzeugt.

»Ich guck lieber nicht hin!« Dina kneift die Augen zu.

Little Joe versammelt sich kurz, dann drückt er sich kräftig ab und überwindet den Lattenzaun. Ross und Reiter galoppieren mitten in einen prächtigen Sonnenuntergang hinein.

»Boah!«, macht Billi.

»Wieso hab ich eigentlich nie einen Fotoapparat dabei, wenn so was passiert?« Conni seufzt.

»Weiß ich auch nicht«, sagt Anna. In ihrer Stimme schwingt

Bewunderung mit. »Aber dieser Joscha muss wirklich der Urenkel eines magyarischen Reiterhäuptlings sein. So etwas Cooles hab ich noch nie gesehen!«
Sie verabschieden sich von den Pferden und schlendern zum Hof zurück.

Im Aufenthaltsraum spielen sie mit Nils, Fiona und Marie noch ein Kartenspiel, dann gehen sie in ihre Dachkammer und machen es sich auf den Betten gemütlich.
Conni setzt sich mit ihrem Tagebuch ans Fenster und schreibt auf, was sie erlebt hat. Die Begegnung mit der fremden Reiterin steckt ihr immer noch tief in den Knochen.

Was für eine gruselige Schreckschraube!
Zuerst schlägt sie ihr Pferd und dann will sie Anna und mich umbringen!
Am liebsten hätte ich die Polizei gerufen.
So was gehört doch echt bestraft!!
Aber dann würde Frau Mikesch alles erfahren – und das soll sie nicht, hat Joscha gesagt.
Apropos JOSCHA ... Als Manieren verteilt wurden, muss der gerade woanders gewesen sein.
Aber reiten kann er. Ich sag nur:
WOW!

Sie zeichnet einen gescheckten Mustang und einen Reiter mit dem Kopfschmuck eines Häuptlings. Draußen vor dem Fenster wiehert ein Pferd. Ob das Hummel war? Oder kommen Joscha und Little Joe von ihrem Abendritt zurück?
Conni schaut hinaus, aber es ist nichts zu sehen. Gähnend klappt sie ihr Tagebuch zu. Der Tag war spannend, aber auch ganz schön anstrengend. Allein der Fußmarsch, als Anna und sie die Pferde gesucht haben!
Anna schaut von der Zeitschrift auf, in der sie geblättert hat.
»Gute Nacht«, wispert sie Conni zu.
»Schlaf schön«, flüstert Conni zurück.
Billi und Dina schlafen schon. Billi schnarcht leise.
Conni gähnt noch einmal.
Höchste Zeit, ins Bett zu gehen.

»Was haltet ihr davon, wenn ihr heute mit Anna und Conni ausreitet?«, wendet sich Frau Mikesch am nächsten Morgen an Billi und Dina.
»Ein richtiger Ausritt? Wirklich?«, fragt Billi ungläubig. »Sind wir denn schon so weit?«
Frau Mikesch nickt.
Über Billis Gesicht breitet sich ein Strahlen aus.
Dina verschluckt sich an einem Krümel ihres Frühstücksbrötchens und hustet. Conni klopft ihr hilfsbereit auf den Rücken.
»Warum nicht?«, meint Dina zögernd, als sie wieder Luft bekommt. »Wenn du uns das zutraust …«
»Am besten nehmt ihr Karlsson und Hummel«, fährt Frau Mikesch fort. »Die Haflinger sind am ruhigsten. Mit dem Reiten könnt ihr euch dann abwechseln. Zwei reiten, während die beiden anderen die Pferde führen. Aber bitte nur im Schritt«, fügt sie hinzu.
Conni und Anna wechseln einen Blick und nicken. Leider kann Conni nicht verhindern, dass ihre Wangen einen zarten Rosaton annehmen. Sie versenkt die Nase rasch in ihrem Kakaobecher. Frau Mikesch hat nichts gemerkt.
In Windeseile verputzen sie ihr Frühstück und spülen mit viel

Kakao hinterher. Anschließend stellen sie das Geschirr zusammen und tragen es in die Küche, wo Frau Horst, eine kleine, rundliche Frau aus dem Dorf, mit dem wöchentlichen Großputz beschäftigt ist.
»Stellt es einfach irgendwohin«, sagt sie und nickt Conni, Anna, Billi und Dina freundlich zu.
»Danke!«, ruft Conni und flitzt schon hinaus.
Die anderen folgen ihr.

Im Stall schnappen sie sich die Halfter von Karlsson und Hummel und zwei Führleinen. Im letzten Moment denkt Billi noch daran, einen Putzkoffer mitzunehmen.
»Schließlich sollen die beiden glänzen, wenn wir einen Spaziergang mit ihnen machen«, verkündet sie grinsend.
Frau Mikesch ist schon vorausgegangen und wartet am Gatter auf sie. Neben ihr sitzt Balu. Sein Schwanz klopft auf den Boden und wirbelt eine kleine Staubwolke auf.
»Hummel! Karlsson!«, ruft Anna.
Conni schnalzt mit der Zunge.
Dina streckt ihre Hand aus.
Billi versucht, auf zwei Fingern zu pfeifen, aber es kommt nur ein leises Spuckezischen dabei heraus.
Die Pferde grasen ein Stück entfernt und achten gar nicht auf die Mädchen. Im Gegenteil, Conni hat den Eindruck, als würden sie sich bemühen, besonders uninteressierte Gesichter zu machen. Nur durch das Spiel ihrer Ohren verraten sie, dass sie doch ein kleines bisschen neugierig sind. Die Pferdeohren drehen sich mal hierhin, mal dorthin.
»Wie Satellitenschüsseln«, bemerkt Conni.

Frau Mikesch schmunzelt. »Freiwillig kommen sie bestimmt nicht zu euch. Ihr werdet sie wohl einfangen müssen.«
»Gar kein Problem!« Anna krabbelt durch das Gatter.
Conni, Billi und Dina schließen sich ihr an.
Kaum stehen die Mädchen auf der anderen Seite des Zauns, schießen die Pferdeköpfe hoch.
Fidelio wiehert. Es klingt wie eine Warnung.
Als Anna langsam auf Juno zugeht und ihm ihre Hand hinhält, um ihn daran schnuppern zu lassen, wirft er sich herum und trabt davon. Anna schimpft leise.
Conni geht es mit Hummel genauso. Die Haflingerstute schielt frech unter ihrem dicken Stirnschopf hervor, nur um in derselben Sekunde einen großen Satz zu machen und Juno zu folgen. Ihr Wiehern klingt in Connis Ohren wie ein schadenfrohes Kichern.
»Ihr wollt uns wohl veräppeln!«, ruft Billi den Pferden zu.
»Es sieht ganz danach aus.« Frau Mikesch lehnt am Gatter und lacht.
Conni stemmt die Hände in die Hüften. »Und was machen wir jetzt?«
»Wir schnappen sie uns irgendwie«, schlägt Anna vor. »Ich glaub, wenn wir Hummel haben, kriegen wir Karlsson auch. Ihr wisst schon, Herdentrieb und so.«
»Vielleicht solltet ihr sie einfach umzingeln«, meint Dina. Sie hat ihren Fotoapparat an einem Riemen um den Hals gehängt und macht ein paar Schnappschüsse.
»Super Idee!« Conni hebt einen Daumen und gibt Anna und Billi ein Zeichen. Doch als sie zu dritt auf Hummel zugehen, um sie in eine Ecke zu drängen, bricht die Stute erneut aus.

Billi und Anna springen schnell zur Seite.
Die Pferde drängen sich zusammen und beäugen sie misstrauisch.
Frau Mikesch beobachtet alles lächelnd. »Ich bin gespannt, wer zuerst müde ist. Ihr oder die Pferde.«
»Ich tippe darauf, dass wir es sind«, brummt Conni.
»Und wenn wir sie einfach in einer Ecke der Koppel zusammentreiben und dann zuschnappen?«, fragt Billi.
»Versucht es«, sagt Frau Mikesch. Sie legt ihre Ellbogen auf das Gatter. Balu sitzt immer noch neben ihr und beobachtet das verrückte Treiben mit gerunzelter Stirn.
Billi streckt ihre Hand aus und probiert noch einmal, Karlsson anzulocken, indem sie so tut, als hätte sie ein Leckerli auf der Handfläche. Das Halfter hält sie hinter ihrem Rücken verborgen. Karlsson macht seinen Hals lang und schnuppert neugierig, doch gerade, als Billi zufassen und ihn an seiner Mähne festhalten will, springt er weg und galoppiert davon.
Im Handumdrehen ist eine wilde Verfolgungsjagd in Gange. Immer wieder lassen die Pferde die Mädchen bis auf ein paar Zentimeter herankommen, um sich dann herumzuwerfen und davonzupreschen, sobald sie auch nur den Zipfel eines Halfters oder eines Führzügels sehen.
Das ist doch wie verhext!, denkt Conni, während sie hinter den anderen herstolpert.
Fidelio und Little Joe haben das Kommando übernommen und halten die Herde in Schach. Den Pferden scheint das Spiel Spaß zu machen – ganz im Gegensatz zu Conni, Anna und Billi, die langsam aus der Puste geraten.

Dina schießt unverdrossen ein Foto nach dem anderen und grinst vor sich hin.
Als Conni gerade kurz davor ist, aufzugeben, ertönt plötzlich ein scharfer Pfiff. Die Pferde, die eben noch fröhlich über die Koppel getrabt sind, bleiben stehen und schauen sich um. Little Joe spitzt die Ohren.
»Hey!«, ruft eine Stimme.
Conni muss gar nicht hinschauen; sie weiß auch so, wem die Stimme gehört: Joscha natürlich. Er steht breitbeinig auf einer Anhöhe und pfeift noch einmal.
Wie von einer Schnur gezogen, trabt Little Joe in seine Richtung. Die anderen Pferde folgen ihm.
Joscha wartet einen Augenblick, dann verlässt er seinen Aussichtspunkt und klettert über den Zaun. Sofort wird er von den Pferden umringt.
Conni wundert sich nicht, dass sie ihm folgen, ohne dass er ihnen ein Halfter oder einen Strick anlegen muss. Sie laufen ihm hinterher wie ein Rudel lammfromme Schoßhündchen.
»Der Typ ist mir unheimlich«, raunt Anna ihr zu. »Ist der ein Pferdeflüsterer oder hat er etwa Zuckerrüben in der Tasche?«
»Wahrscheinlich beides«, antwortet Conni seufzend. »Hauptsache, er hält Hummel und Karlsson fest, damit wir endlich loskönnen«, meint Billi.
»Bitte lächeln!«, ruft Dina und drückt auf den Auslöser.

Danach geht alles ganz schnell. Mit Joschas Hilfe lassen sich Hummel und Karlsson mühelos einfangen.
»Na, habt ihr euch schön ausgetobt?« Joscha klopft den Haflingern mit der flachen Hand auf die Kruppen und lacht.

Conni und Anna streifen ihnen die Halfter über, klinken die Leinen ein und führen sie von der Weide auf den Sattelplatz. Dort striegeln sie beide Pferde gründlich und kratzen die Hufe aus.

Joscha wirft den Mädchen einen prüfenden Blick zu, aber er sagt nichts. Kurz darauf ist er schon wieder verschwunden.

Mit vereinten Kräften satteln die Mädchen ihre Pferde und zäumen sie auf.

Eine Viertelstunde später wandern sie im Gänsemarsch über den Sandweg, der vom Gutshof zum Leuchtturm führt. Conni geht mit Hummel voraus. Dina sitzt im Sattel. Hinter ihr führt Anna Karlsson am Zügel, auf dessen Rücken Billi thront.

»Warum hat Frau Mikesch uns eigentlich nicht geholfen, die beiden einzufangen?«, beschwert sich Anna.

»Vielleicht sollte es ein Test sein«, meint Conni. »Vielleicht wollte sie sehen, wie wir uns anstellen.«

»Ziemlich blöd, würde ich sagen.« Dina grinst.

»Ist doch ganz egal«, findet Billi. »Immerhin hat sie uns erlaubt, an den Strand zu reiten.«

»Stimmt. Das ist echt cool!« Conni nickt ihr zu. Frau Mikesch hat ihnen einen Gezeitenkalender in die Hand gedrückt und erklärt, worauf sie achten müssen. Nach dem Kalender ist jetzt Ebbe. Sie haben genug Zeit, über den Strand zu reiten, bevor die Flut kommt. Auf dem Hinweg reiten Dina und Billi, haben sie verabredet. Auf dem Rückweg dann Anna und sie.

Conni lächelt. Der Tag hat zwar blöd angefangen, aber jetzt ist er perfekt! Als sie sich der Weggabelung nähern, an der sie der fremden Reiterin begegnet sind, fasst sie Hummels Zügel kürzer. In ihrem Magen breitet sich ein nervöses Kribbeln aus.

Die Wahrscheinlichkeit, genau an dieser Stelle wieder von einem wild galoppierenden Pferd ins Gebüsch gedrängt zu werden, ist zwar ziemlich gering, aber man weiß ja nie …
»Sicher ist sicher«, murmelt Conni und klopft Hummel den Hals. Die Stute prustet zufrieden und schüttelt ihre Mähne.
Der kleine Trupp folgt dem Weg und erreicht kurz darauf den Leuchtturm. Direkt hinter dem Deich breitet sich kilometerlang der Strand aus. In weiter Entfernung sind ein paar Urlauber zu sehen. Sie schlendern umher und bücken sich hin und wieder nach einer Muschel oder einem Seestern.
Das Meer ist nur ein schmaler Strich am Horizont. Conni breitet die Arme aus, als sie es sieht. Sie schließt die Augen und atmet tief ein. Die Luft riecht frisch und würzig. Ein bisschen salzig, nach Seetang und Muscheln. Es ist ein toller Geruch!
Die Mädchen seufzen und werden plötzlich ganz still. Die Sonne steht hoch am blitzblauen Himmel und wärmt ihnen die Gesichter. Der Seewind fährt ihnen durch die Haare. Er spielt mit dem Dünengras und lässt es leise rascheln. Über ihren Köpfen schweben riesige Seemöwen. Sie haben die Flügel ausgebreitet und lassen sich einfach tragen. Ab und zu stoßen sie schrille Schreie aus, als würden sie sich in ihrer geheimen Möwensprache unterhalten.
Billi und Dina sitzen ab. Anna und Conni schieben die Steigbügel hoch und lockern die Sattelgurte ein wenig. Sie lassen Hummel und Karlsson die Zügel lang, damit sie alles beschnuppern und im Gras herumschnobern können, das neben dem Leuchtturm wächst.
Billi dreht sich lächelnd im Kreis. »Ist das nicht einfach superschön?«

Conni, Anna und Dina nicken einträchtig.
Dina zieht ihren Fotoapparat hervor und macht ein paar Aufnahmen von den Pferden, dem Leuchtturm und dem Strand.
»Wollen wir nicht ein Stück gehen?«, fragt sie.
»Doch, klar«, sagt Conni sofort. »Deshalb sind wir doch hier!«
Anna und sie nehmen die Zügel wieder kürzer und führen Hummel und Karlsson auf den Strand. Plötzlich bleibt Hummel stehen. Sie hebt den Kopf und bläht die Nüstern. Dann stößt sie ein ohrenbetäubendes Wiehern aus. Ein leichtes, kaum merkliches Zittern läuft vom Widerrist bis zu ihrem Schweif.
Conni legt ihr eine Hand auf die Schulter. »Komm, Kleine. Weiter geht's!«
»Seht mal, hier ist jemand geritten!« Billi zeigt auf eine Hufspur, die sich auf dem festen Sand deutlich abzeichnet. Sie führt in einer schnurgeraden Linie vom Leuchtturm fort in Richtung Meer.
»Tatsächlich.« Anna runzelt die Stirn.
Conni schirmt ihre Augen ab und lässt den Blick über den Strand schweifen. Ist dahinten nicht ein kleiner, dunkler Punkt zu sehen, der sich bewegt?
»Ist doch ganz egal«, meint Dina. »Hier gibt's bestimmt noch mehr Pferde als die vom Pappelslott. Und Reiten ist an diesem Strandstück erlaubt, hat Frau Mikesch gesagt. Also, gehen wir jetzt oder wollen wir hier Wurzeln schlagen?«
Hummel beantwortet die Frage, indem sie sich einfach in Bewegung setzt und Conni keine andere Wahl lässt, als mit ihr zu laufen.
Anna und Karlsson folgen ihr und setzen sich an Hummels Seite. Hier am Strand ist genug Platz. Die Pferde müssen nicht

mehr hintereinanderlaufen. Sie scheinen es zu genießen. Billi hüpft ein ganzes Stück voraus. Immer wieder stößt sie begeisterte Jubelschreie aus und bückt sich. Das eine Mal, um einen Wattwurm zu bewundern; dann wieder, um eine besonders hübsche Muschel aufzuheben und in ihrer Tasche zu versenken.

»Ich glaub, wir müssen ein bisschen auf sie aufpassen, sonst nimmt sie noch den halben Strand mit«, kichert Conni.

Dina macht viele Fotos.

»Ich bin echt froh, dass meine Mutter mir ihre Kamera geliehen hat«, meint sie. »Zum Zeichnen ist es hier viel zu windig.«

»Die Zeichnungen kannst du dann ja zu Hause machen«, schlägt Anna vor.

Dina nickt.

Sie marschieren einfach geradeaus. Hin und wieder müssen sie einen Priel überqueren. Conni weiß, dass die schmalen Wasserarme bei Flut blitzschnell volllaufen können. Aber bis dahin haben sie noch viel Zeit. Sie müssen sich noch nicht beeilen.

Billi ist inzwischen aus ihren Socken und den Turnschuhen geschlüpft und hüpft barfuß durch die Priele.

»Das Wasser ist pipiwarm!«, ruft sie. »Wollen wir nicht schwimmen gehen?«

»Das ist doch nur so warm, weil es hier flach ist«, ruft Anna zurück. »Das Meer ist bestimmt viel kälter!«

»Außerdem haben wir keine Badesachen dabei«, wendet Dina ein.

»Schade«, meint Billi. Plötzlich stutzt sie. »Hey, da drüben rennt ein Pferd!«

»Pferde rennen nicht, sie galoppieren«, verbessert Anna sie.
»Mein ich ja«, winkt Billi ab. »Auf jeden Fall läuft da eins.«
Conni und Anna halten Hummel und Karlsson an. Nicht weit von ihnen entfernt galoppiert tatsächlich ein Pferd über den Strand. Hummel spitzt die Ohren und brummelt dunkel.
Zuerst denkt Conni, dass es vielleicht Frau Jacobi mit ihrem Galopper ist, doch dann bemerkt sie, dass das Fell des Pferdes nicht schimmelgrau, sondern rötlich braun ist.
Der Reiter hat sich tief über den Pferdehals gebeugt. Als er sich urplötzlich aufrichtet und sein Pferd so scharf durchpariert, dass es aus dem Tritt kommt und fast stürzt, zuckt Conni zusammen.
»Was sollte das denn?«, fragt sie erschrocken.
Mit großen Augen verfolgt sie, wie der Fuchs seinen Kopf hochreißt und sich aufbäumt. Er scheint sich gegen die brutale Behandlung wehren zu wollen, doch sein Reiter zerrt weiter rücksichtslos an den Zügeln. Jetzt zwingt er das Pferd sogar, ein paar Schritte rückwärtszugehen, bis es sich fast auf die Hinterhand setzt. Immer wieder schlägt der Fuchs mit dem Kopf und kämpft verzweifelt gegen die harte Hand. Doch der Reiter ist unerbittlich.
Conni, Anna, Billi und Dina halten die Luft an. Dina drückt mechanisch auf den Auslöser und hält alles im Bild fest. Auch Conni schaut genau hin, obwohl ihr schon vom Zusehen schlecht wird. Sie merkt gar nicht, dass ihre Finger sich in Hummels Mähne krallen, als wolle sie sich an der Stute festhalten.
»Ist das normal?«, fragt Dina unsicher. »Macht man das so?«
»Nein«, sagt Anna sofort.

»Wir müssen doch irgendwas tun!«, stößt Billi hervor. »Wir müssen dem Pferd irgendwie helfen!«
Conni kann nur stumm nicken.
»Herrje!«, flucht Anna plötzlich. »Wisst ihr, wer das ist?«
Conni starrt sie an.
Dina lässt ihren Fotoapparat sinken und schüttelt den Kopf.
»Nein«, sagt sie. »Wer denn?«
»Die fremde Reiterin! Die Frau mit dem Rotfuchs, die Conni und mich auf dem Feldweg beinahe über den Haufen geritten hat!«
Annas Stimme überschlägt sich fast, so aufgeregt ist sie.
Conni schnappt nach Luft. »Bist du dir sicher?«
»Absolut!«, sagt Anna.
»Wie bitte?« Billi kommt aus dem Priel gewatet, in dem sie eben noch geplantscht hat, und baut sich vor Anna auf. »Es ist die gleiche Tussi? Die, die ihr Pferd geschlagen hat? Und jetzt macht sie's wieder? Hat die sie noch alle?«
Conni kneift die Augen leicht zusammen, um besser sehen zu können. Es stimmt. Anna hat Recht. Es ist wirklich dasselbe rotbraune Pferd. Es ist dieselbe rücksichtslose Reiterin.
»Aber was sollen wir denn jetzt machen?«, presst sie hervor.
»Wir laufen hin und sagen der mal so richtig unsere Meinung!« Billis Gesicht sieht wütend aus. »Was die da macht, ist Tierquälerei! Das können wir doch nicht zulassen!«
Conni schüttelt den Kopf. »Nein. Natürlich nicht!«
»Am liebsten würde ich der das Pferd wegnehmen«, schnaubt Anna. »Dann kann sie zu Fuß nach Hause gehen!«
»Aber wir sind doch nur vier Mädchen«, gibt Dina zu bedenken. »Was können wir schon groß tun?«

Sie gucken sich ratlos an. Karlsson reibt seinen Kopf an Annas Schulter. Hummel prustet. Über ihnen kreischt eine Möwe.
Als sie ihren Blick wieder dem Pferd zuwenden, sehen sie, dass die Reiterin inzwischen kehrtgemacht hat und in die andere Richtung davontrabt.
Obwohl die Sonne immer noch scheint, spürt Conni, wie ein leichtes Frösteln über ihren Rücken krabbelt. Sie hat sich schon lange nicht mehr so hilflos gefühlt.
Dina hat Recht, denkt sie. Wir sind nur vier Mädchen. Was können wir schon tun?

»Wir müssen sofort hinterher!«, bricht Billi das betretene Schweigen, das sich zwischen den Freundinnen breitgemacht hat.

»Die ist doch viel schneller als wir«, entgegnet Conni. »Wenn jede von uns ein Pferd hätte, würde es vielleicht gehen. Aber so?« Sie zeigt auf Hummel und Karlsson. Karlsson hat den Kopf gesenkt, einen Hinterhuf aufgesetzt und döst im Sonnenschein. Hummel wedelt träge mit dem Schweif und gähnt.

»Und wenn ihr beide reitet?«, fragt Dina. »Du und Anna? Billi und ich schaffen es schon irgendwie zu Fuß nach Hause. Hauptsache, ihr verfolgt die Reiterin und findet heraus, woher sie kommt. Was wir weiter unternehmen, können wir uns dann immer noch überlegen.«

Conni wirft einen Blick auf ihre Uhr. Täuscht sie sich oder fließt mit einem Mal mehr Wasser durch den Priel als gerade eben noch?

»Auf jeden Fall sollten wir langsam den Strand verlassen«, sagt sie vorsichtig. »Ich glaub, die Flut kommt.«

»Was?« Anna schreit erschrocken auf. »Auch das noch!«

»Kein Grund zur Panik«, versichert Conni ihr. »Wir haben noch genug Zeit.«

Plötzlich ist sie ganz ruhig. Was Dina sagt, stimmt. Es gibt nur die eine Chance, um die Reiterin einzuholen: Anna und sie müssen reiten!
Sie wendet sich an Dina und Billi. »Lauft am besten einfach direkt zum Leuchtturm zurück. Von da aus findet ihr problemlos nach Pappelslott. Anna und ich reiten über den Strand. Habt ihr eure Handys dabei?«
Billi nickt.
Dina schüttelt den Kopf.
»Was hast du vor?«, fragt Anna.
»Sitz auf!«, antwortet Conni. »Wir reiten hinterher!«
»Und dann?«
»Keine Ahnung«, erwidert Conni ehrlich. »Vielleicht fällt uns unterwegs was ein.«
»Haltet uns auf dem Laufenden!«, ruft Billi und wedelt mit ihrem Handy. Sie und Dina drehen sich um und stapfen über den Strand in Richtung Leuchtturm.
Conni schaut sich um. Inzwischen ist es nicht mehr zu übersehen, dass das Wasser steigt. Sie spürt, wie die Feuchtigkeit in ihre Turnschuhe sickert. Warum hat sie nicht wie Anna Reitstiefel angezogen?
Egal, denkt sie und lässt die Steigbügel herunter. Es gibt Schlimmeres als nasse Socken!
Anna sitzt schon in Karlssons Sattel und gurtet von oben nach. Als Conni sich auf Hummels Rücken schwingt und die Zügel aufnimmt, nickt sie Anna zu.
»Bist du bereit?«
»Jepp«, macht Anna und tippt mit zwei Fingern an den Schirm ihres Reithelms.

Sie lassen Hummel und Karlsson antraben. Schon nach wenigen Metern fallen die Pferde von allein in den Galopp. Unter ihren Hufen spritzt feuchter Sand auf. Conni stellt sich in die Steigbügel und macht sich ganz leicht. Sie beugt sich über Hummels Hals. Es ist ein tolles Gefühl, über den Meeresboden zu fliegen, doch richtig genießen kann sie es nicht. Immer wieder schiebt sich das Bild des Pferdes vor ihre Augen, das sich gegen seine Reiterin wehrt. In ihrem Magen bildet sich ein steinharter Kloß.

Neben ihr galoppiert Anna auf Karlsson ebenfalls im leichten Sitz. Sie werfen sich einen entschlossenen Blick zu und legen die Schenkel fester an.

Die Galoppsprünge der Haflinger werden länger und raumgreifender. Als vor ihnen ein Priel auftaucht, zögern sie nicht, sondern springen einfach darüber hinweg.

Conni löst eine Hand vom Zügel und klopft Hummels Hals.

»Das war toll!«, raunt sie der Stute zu. »Danke.«

Hummel prustet. Ihre Ohren spielen. Hart donnern die Hufe über den Untergrund, auf dem sich immer größere Pfützen und sogar kleine Strudel bilden. Conni versucht, den Gedanken an das auflaufende Wasser zu verdrängen, aber es will ihr nicht so ganz gelingen.

Sie weiß nicht, wie lange sie so galoppieren. Irgendwann kommt sie aus der Puste. Der Wind brennt scharf in ihren Augen und lässt sie tränen. Trotzdem schaffen Anna und sie es, die frischen Hufabdrücke fest im Blick zu behalten, die die fremde Reiterin mit ihrem Pferd hinterlassen hat. Dort, wo noch kein Wasser ist, sind sie gut zu erkennen. Sie müssen der Spur nur folgen. Es ist ganz einfach.

Erleichtert stellt Conni fest, dass die Hufabdrücke in der Ferne einen sanften Bogen beschreiben. Sie führen vom Meer fort und hinüber zu dem Deich, hinter dem das weite Land mit seinen Schafweiden und Bauernhöfen liegt. Dass die Reiterin anscheinend keinen Wert darauf legt, nasse Füße zu bekommen, ist wenigstens ein kleiner Lichtblick in dem ganzen Drama.
Nur wenig später lassen sie das Watt und den Strand hinter sich und verringern das Tempo. Im Deich gibt es einen schmalen Durchlass mit einer Pforte. Sie halten Hummel und Karlsson an und loben sie.
»Wollen wir absitzen?«, fragt Anna.
Conni schüttelt den Kopf. »Lieber nicht. Wenn wir die Pferde führen, verlieren wir zu viel Zeit.«
Sie reitet mit Hummel ganz dicht an die Pforte heran, nimmt die Zügel in eine Faust und beugt sich seitwärts aus dem Sattel. Mit einiger Mühe schafft sie es, das Tor aufzuziehen und festzuhalten.
»Los, mach schnell!«, ruft sie Anna zu.
Anna trabt mit Karlsson durch den Spalt. Er ist gerade breit genug für einen rundlichen Haflinger. Conni muss nun doch absteigen. Mit einem Satz springt sie von Hummels Rücken und führt sie schnell hinter Karlsson her. Auf der anderen Seite klettert sie in den Sattel zurück.
Anna lüftet ihren Reithelm und fächert sich mit einer Hand Luft zu. Ihr Gesicht ist verschwitzt und knallrot.
»Und jetzt?«, fragt sie ratlos.
»So ein Mist!«, flucht Conni.
»Was denn?«

»Na, da! In welche Richtung sollen wir jetzt reiten?« Conni zeigt nach vorn. Dass der Weg hinter dem Deich eine befahrene Landstraße ist, haben sie bei ihrem Plan nicht bedacht. Auch nicht, dass die Straße asphaltiert ist und die Spur der Hufabdrücke, der sie bisher gefolgt sind, genau hier endet.
»Das war's dann wohl.« Anna lässt enttäuscht den Kopf hängen und seufzt, aber Conni will sich nicht so schnell entmutigen lassen.
»Komm!«, sagt sie und nimmt die Zügel wieder auf.
Hummel trippelt auf der Stelle. Conni schaut zuerst nach links, dann nach rechts und noch einmal nach links. Außer einem Traktor, der weit entfernt über die Landstraße rumpelt, ist weit und breit kein Fahrzeug zu sehen. Sie biegt mit Hummel rechts ab und lässt sie auf dem grasbedeckten Seitenstreifen neben der Fahrbahn gehen.
Nach kurzem Zögern folgt Anna ihr mit Karlsson.
»Was hast du vor?«, will sie wissen.
»Sie kann nur nach links oder nach rechts geritten sein«, ruft Conni über die Schulter zurück. »Wir haben genau zwei Möglichkeiten und probieren einfach eine davon aus. Vielleicht haben wir ja Glück!«
Vielleicht auch nicht, denkt sie. Aber das behält sie lieber für sich.
Als ein paar Meter voraus etwas auf der Straße liegt, hält sie Hummel an.
»Was ist denn nun schon wieder los?«, fragt Anna und reitet an ihre Seite.
Conni zeigt auf einen großen, braunen Haufen. Er sieht aus, als wäre er vom Himmel direkt auf den Asphalt geplumpst.

»Wir haben Glück!«, jubelt Anna. »Die Pferdeäpfel sind noch ganz frisch. Hier kommen bestimmt nicht viele Pferde vorbei!«

Sie lehnt sich zur Seite und klatscht Conni ab.

Conni grinst breit. »Ich schätze, wir sind auf der richtigen Spur.«

Aus ihrer Hosentasche kommt eine unterdrückte Melodie.

Conni stöhnt auf. Muss ihr Handy denn ausgerechnet jetzt klingeln?

Hummel dreht ihr linkes Ohr nach hinten. Anna lacht darüber, während Conni sich abmüht, das kleine Gerät aus der Tasche zu ziehen. Vielleicht ist es Billi? Sie wirft einen Blick auf das Display. Nein, Billi ist es nicht. Phillips Name leuchtet auf.

»Hallo, Phillip!«, meldet sie sich und gibt gleichzeitig Anna das Signal, weiterzureiten.

Die Pferde setzen sich in Bewegung und zuckeln los. Ihre unbeschlagenen Hufe klappern auf dem Asphalt.

»Hi! Stör ich dich gerade bei irgendwas?«, fragt Phillip fröhlich.

»Wenn du mich sehen könntest, würdest du wahrscheinlich nicht fragen«, erwidert Conni trocken.

Hummel wiehert. Karlsson prustet. Nebenan auf dem Deich blökt ein Schaf. Ein anderes antwortet. Irgendwo schreit eine Möwe. In der Ferne knattert ein Moped.

»Ähm …«, macht Phillip. »Bist du am Strand oder auf einem Bauernhof? Was sind das für Geräusche?«

Conni unterdrückt ein Lachen. »Anna und ich traben über eine Landstraße und verfolgen eine Frau, die ihr Pferd geschlagen hat und uns über den Haufen reiten wollte. Ein paar Möwen und Schafe begleiten uns. Meine Füße sind nass, weil die

Flut gekommen ist. Aber sonst geht's mir gut. Alles okay. Und bei dir so?«
Sie stellt sich Phillips verdattertes Gesicht vor. Es dauert ein paar Sekunden, bis er antwortet.
»Im Vergleich zu dir ist es bei mir ziemlich langweilig«, sagt er schließlich. »Wir spielen Fußball, gehen an den Strand, chillen und grillen. Nichts Besonderes. Hab ich dich richtig verstanden? Ihr verfolgt eine Frau?«
»Ja«, sagt Conni. »Ist 'ne lange Geschichte. Ich hab jetzt leider nicht so viel Zeit, um sie dir ausführlich zu erzählen.«
Sie lenkt Hummel mit einer Hand und beobachtet die Gegend. Wo ist die fremde Reiterin nur abgeblieben? Seit dem Pferdeapfelhaufen haben sie keinen Hinweis mehr entdeckt.
»Ja, nee, ist klar«, stammelt Phillip. Er kommt Conni etwas überfordert vor. Kein Wunder. »Ich wollte dir eigentlich nur sagen, dass wir morgen einen trainingsfreien Tag haben. Die Jungs und ich wollen euch mal auf eurem Reiterhof besuchen. Natürlich nur, wenn ihr einverstanden seid. Ich hab schon nachgeguckt. Es gibt einen Bus, der in eure Richtung fährt. Wir sind so gegen –«
»Warte mal einen Moment«, würgt Conni ihn ab. Anna gibt ihr plötzlich hektisch Zeichen. »Was ist denn los?«
»Da vorne!« Anna wedelt mit der Hand.
Conni starrt in die Richtung, in die Anna zeigt. Ein ganzes Stück voraus reitet jemand. Das Fell des Pferdes schimmert rot im Sonnenschein. Das kann Conni sogar auf die Entfernung erkennen.
»Hey, krass! Wir haben eine Spur!«, ruft sie in ihr Handy. »Ich ruf dich später an, okay? Sorry, bis dann!«

Sie hört nicht mehr, ob Phillip noch etwas sagt. Sie drückt einfach auf die rote Taste, stopft ihr Handy zurück und wirft Anna einen entschlossenen Blick zu.
Sie nicken sich zu und legen die Schenkel an. Die Pferde springen sofort in den Galopp, als hätten sie nur auf das Kommando gewartet.
Conni wechselt von der Fahrbahn wieder auf den Grasstreifen am Fuß des Deichs. Anna folgt ihrem Beispiel. Auf dem Gras können die Pferde besser galoppieren. Außerdem hört man ihre Hufe nicht. Falls die Reiterin sich umdrehen sollte, wird sie keinen Verdacht schöpfen. Sie sind einfach nur zwei harmlose Mädchen auf zwei Haflingern, die einen Ausritt machen.
Conni passt sich den gleichmäßigen Bewegungen ihres Pferdes an und versucht sich zu entspannen, aber es funktioniert irgendwie nicht.
Was machen wir hier eigentlich?, denkt sie. Was wollen wir unternehmen, wenn wir die Reiterin eingeholt haben? Sollen wir etwa die Polizei anrufen? Und dann? Wir haben keinerlei Beweise! Weder dafür, dass sie uns auf dem Weg bedrängt hat, noch dafür, dass sie ihr Pferd geschlagen hat.
Mit einem Mal fühlt sie sich mutlos und überfordert. Sie ist kurz davor, Anna ein Handzeichen zu geben und umzudrehen, als sich hinter ihnen ein Motorengeräusch nähert.
Hummel wirft den Kopf hoch und bricht seitlich aus. Conni legt ihr eine Hand auf den Hals und versucht sie zu beruhigen.
»Ho, ho«, brummt sie. »Gaanz ruhig!«
»Was ist das denn für ein Blödmann!«, schimpft Anna. Genau wie Conni hat sie Mühe, Karlsson im Zaum zu halten.
Zum Glück verringert der Mopedfahrer sein Tempo und

schaltet einen Gang herunter. Conni dreht sich im Sattel um und wirft einen bösen Blick nach hinten. Der Fahrer lüftet das Visier seines Helms und winkt ihr zu. Hinter ihm sitzt eine zweite, etwas kleinere Person auf dem Soziussitz.

Conni schiebt die Augenbrauen zusammen. »Spinnen die? Was soll das?«

»Lass uns lieber anhalten!«, ruft Anna ihr zu. Sie pariert Karlsson durch und bringt ihn zum Stehen.

Conni nickt grimmig. Anna hat Recht. Besser, sie reiten rechts ran und lassen diese Idioten vorbei, als dass sie die Pferde noch komplett scheu machen!

»Ho«, sagt sie noch einmal und zieht sanft an den Zügeln.

Hummel hält an und schlägt mit dem Schweif. Als Conni die Zügel lockert, wendet die Stute den Kopf und beäugt das Moped misstrauisch.

Conni gibt dem Fahrer ein Zeichen, dass er vorbeifahren kann. Zu ihrem Erstaunen bremst er ab und stellt den Motor aus.

»Moment mal …«, Conni runzelt die Stirn. Sie kennt das Motorrad. Und den Fahrer kennt sie auch. »Das ist doch Joscha!«

»Echt?« Anna macht große Augen.

Es ist tatsächlich Joscha. Er nimmt seinen Helm ab, zieht die Handschuhe aus und öffnet den Reißverschluss seiner Lederjacke ein Stück. Sein Sozius ist ein Mädchen. Es nimmt ebenfalls den Helm ab und schüttelt die langen braunen Haare.

»Könnt ihr mir mal verraten, was ihr hier zu suchen habt?«, fragt Joscha. Genau wie sein Gesicht ist auch seine Stimme nicht besonders freundlich.

Ich freu mich auch, dich zu sehen, denkt Conni grimmig. Von Manieren hat dieser Joscha wirklich noch nie was gehört!

»Wir reiten«, entgegnet sie ebenso unfreundlich. »Das siehst du doch!«
Anna hält erschrocken die Luft an.
Das Mädchen auf dem Soziussitz legt Joscha eine Hand auf die Schulter und lächelt.
Es sieht eigentlich ganz nett aus, findet Conni. Auf jeden Fall netter als dieser chronisch schlecht gelaunte Typ.
Joscha stutzt kurz, dann grinst er.
Conni funkelt ihn wütend an.
»Solltet ihr nicht am Strand und auf den Reitwegen bleiben?«, fragt er nach einem kurzen Blickduell. »Und wo sind die anderen Prinzessinnen? Eure Freundinnen?«
»Die gehen zu Fuß nach Hause«, sagt Anna schnell. »Wir reiten nur einen kleinen Umweg.«
Joscha hebt eine Augenbraue.
»Nein, stimmt gar nicht!«, platzt es aus Conni heraus. »Wir sind hinter einer Reiterin her, die ihr Pferd misshandelt hat.«
Anna starrt sie an. Conni nickt ihr zu.
»Ist schon okay«, sagt sie. Sie weiß nicht wieso, aber urplötzlich hat sie das Bedürfnis, Joscha die ganze Geschichte zu erzählen. Vielleicht kennt er die Frau. Vielleicht hat er einen Rat. Er mag Pferde. Bestimmt findet er es auch nicht gut, wenn die geschlagen und schlecht behandelt werden. Außerdem sieht er ziemlich groß und stark aus. Wenn einer ihnen helfen kann, dann er! Phillip ist schließlich immer noch viel zu weit weg.
Conni redet ohne Punkt und ohne Komma. Joscha und seine Freundin hören aufmerksam zu. Als Conni fertig ist, wechseln sie ein paar leise Worte. Conni spitzt die Ohren, aber sie kann nicht verstehen, worum es geht.

»Kehrt um und reitet nach Hause«, sagt Joscha. Seine Stimme klingt auf einmal versöhnlich. Jedenfalls freundlicher als noch vor ein paar Minuten. »Sina und ich kümmern uns darum. Wir kennen die Frau.«

»Wir sind ihr schon länger auf der Spur«, sagt das Mädchen, das Sina heißt. Ihr Gesicht wird ernst. »Wir haben auch schon gesehen, wie mies sie ihre Pferde behandelt.«

»Pferde?«, fragt Anna.

»Ja, sie hat mehrere«, antwortet Sina. »Wir wissen noch nicht, wie sie heißt oder woher sie kommt. Auf jeden Fall hat sie vor ein paar Monaten ganz in der Nähe einen Resthof gepachtet und ihre Pferde dort untergestellt.«

Joscha seufzt vernehmlich. »Bis jetzt wissen wir nur, dass sie Vielseitigkeitspferde ausbildet und verkauft. Haltet euch da raus. Die Frau ist mit Vorsicht zu genießen. Das ist kein Kinderspiel.«

»Wovon redest du?«, will Conni wissen.

»Davon, dass die Frau verbotene Trainingsmethoden einsetzt, zum Beispiel.« Joscha seufzt erneut, als würde ihn das Gespräch anstrengen. »Bis jetzt können wir ihr noch nichts nachweisen, aber wir arbeiten daran. Wir waren gerade auf dem Weg zu ihrem Hof, um Videoaufnahmen zu machen.«

»Wir kommen mit!«, ruft Conni sofort.

Joscha winkt ab. »Das kannst du dir abschminken.«

Conni starrt Joscha an. Der starrt zurück.

»Reitet nach Hause und spielt mit euren Teddys«, sagt er und setzt seinen Helm wieder auf. »Das hier ist was für Große. Haben wir uns verstanden?«

Anna nickt sofort. Conni zögert, dann nickt sie auch.

»Ciao!« Sina lächelt ihr zu, bevor sie wieder unter ihrem Helm verschwindet.

»Ciao«, murmelt Conni. Sie fasst Hummels Zügel kürzer.

Joscha startet die Maschine und legt den ersten Gang ein. Dann tippt er sich wortlos an den Helm und braust davon.

Conni und Anna bleiben ratlos zurück.

»Wahnsinn! Ich hab das Gefühl, wir sind mitten in einem Krimi gelandet«, sagt Anna aufgeregt. »Ist das nicht cool?«

Conni holt tief Luft. Ein Krimi? Und sie mittendrin? Es gibt zehntausend Dinge, die ihr lieber wären!

»Lass uns nach Hause reiten«, sagt sie und wendet Hummel. Viel lieber würde sie Joscha nachreiten und ein bisschen spionieren, aber die Vorstellung, von ihm oder der fremden Reiterin dabei erwischt zu werden, behagt ihr ganz und gar nicht. Außerdem warten Billi und Dina bestimmt schon auf sie. Und Phillip muss sie auch dringend anrufen und ihm alles erklären. Hoffentlich ist er nicht sauer, dass sie ihn vorhin so abgewürgt hat.

»Das ist doch echt unglaublich, was Joscha da behauptet«, redet Anna drauflos. »Ob es stimmt, was er gesagt hat? Ob die echt verbotene Methoden einsetzt? Als Trainerin? Oh Mann, im Reitsport passieren ja echt die übelsten Sachen! Sporen mit Elektroschock, Hindernisstangen mit Stacheldraht, scharfe Trensen und Kandaren … Ich darf gar nicht daran denken, was es alles gibt!«

»Ich auch nicht«, sagt Conni entsetzt. »Die armen Pferde!«

Anna nickt traurig. »Vielleicht geht es ja sogar um Doping? Manchmal werden Turnierpferde mit irgendwelchen Medikamenten fitgespritzt, damit sie Höchstleistungen bringen. Genau wie es Sportler gibt, die verbotene Mittel einnehmen, um schneller zu laufen und höher zu springen.«

»Aber die machen es wenigstens freiwillig und wissen, was sie tun!«, entfährt es Conni. »Die Pferde können sich nicht wehren!«

Eine ganze Weile schweigen sie. Conni zupft nachdenklich an Hummels Mähne. Anna tätschelt Karlssons Hals.

»Ganz egal, was diese Frau ihren Pferden antut«, sagt Conni schließlich, »wir müssen Joscha unbedingt helfen, damit sie damit aufhört!«

»Auf jeden Fall!«, sagt Anna. »Der gehört das Handwerk gelegt!«

Sie reiten auf dem kürzesten Weg nach Hause. Billi und Dina warten schon an der Pappelallee auf sie. Gemeinsam bringen sie Hummel und Karlsson auf die Koppel, befreien sie von ihren Sätteln und Zaumzeugen und reiben sie gut ab. Conni und Anna sind langsam geritten. Die Pferde haben nur wenig geschwitzt. Kaum haben die Mädchen das Gatter hinter ihnen geschlossen, suchen sich die Haflinger eine sandige Stelle, wo sie in die Knie gehen und sich ausgiebig hin und her wälzen. Conni beobachtet sie lächelnd.

»Gibt's was Neues?«, fragt Billi neugierig. »Habt ihr die Frau noch erwischt? Konntet ihr etwas herausfinden?«

Im Schnelldurchlauf erzählen Anna und Conni, was geschehen ist.

»Joscha hat euch nach Hause geschickt?«, fragt Dina.

Conni nickt. »Vielleicht hat er nachher Neuigkeiten. Als wir ihn vorhin getroffen haben, schien er genauso im Dunkeln zu tappen wie wir.«

»Aber immerhin haben Sina und er schon einen konkreten Verdacht«, ergänzt Anna. Sie berichtet Dina und Billi von den verbotenen Methoden im Turniersport.
Billi wird ganz blass. »Ich hab mal was darüber gelesen«, murmelt sie. »Aber ich konnte mir nicht vorstellen, dass es wirklich Reiter gibt, die ihren Pferden so was Gemeines antun.«
»Leider ja«, seufzt Anna.
»Wahrscheinlich sogar mehr, als man denkt«, meint Dina.
Die Freundinnen schweigen betreten.

Nach dem Mittagessen geht Conni hinaus, um in Ruhe mit Phillip zu telefonieren. Zu ihrer Überraschung steht Joschas Moped vor der Scheune. Er selbst sitzt daneben auf einer Bank und schnitzt mit einem Taschenmesser an einem Stück Holz herum. Für Conni sieht es nicht so aus, als würde er beabsichtigen, ein Kunstwerk zu schaffen. Eher so, als würde es ihm beim Nachdenken helfen. Sie zögert, ob sie zu ihm gehen soll, aber da hat er sie schon entdeckt und winkt ihr zu.
»Szervusz!«
»Servus«, erwidert Conni und schiebt ihr Handy zurück. Phillip wird noch ein wenig warten müssen.
Joscha klopft mit der Hand auf die Sitzfläche. »Setz dich ruhig. Normalerweise beiße ich nicht.«
Conni hockt sich auf die Kante der Bank. Irgendwie weiß sie nicht, was sie sagen soll. Soll sie überhaupt etwas sagen? Zum Glück ergreift Joscha das Wort.
»Wir wissen jetzt, wo die Frau wohnt«, sagt er. »Sie hat sechs Einstellpferde. Keine Ahnung, ob es ihre eigenen sind oder ob sie sie nur trainiert. Auf jeden Fall haben Sina und ich Hin-

weise gefunden, die darauf hindeuten, dass die Frau die Pferde nicht korrekt behandelt. Auf dem Springplatz liegen Stangen, mit denen die Pferde dazu gebracht werden, ihre Beine über den Hindernissen höher anzuheben. Man nennt das Barren. Außerdem benutzt sie Elektrosporen und scharfe Zäumungen. Einen Hengst hat sie mit einer Rollkur gequält. Dazu wird der Kopf des Pferdes mit Zügeln so stramm an die Brust gezogen, dass das Pferd ihn nicht mehr heben kann. Die Tiere sollen damit gefügig gemacht werden.«

Conni würde sich am liebsten die Ohren zuhalten. Einfach aufspringen und weglaufen, nur um nicht mehr zuhören zu müssen.

Aber damit helfe ich den Pferden auch nicht, denkt sie. Sie zwingt sich, sitzen zu bleiben.

Joscha lacht bitter auf, bevor er damit fortfährt, all die Scheußlichkeiten aufzuzählen, die Sina und er entdeckt haben.

Connis Herz klopft. Sie runzelt die Stirn. Dafür, dass Joscha noch vor ein paar Stunden gesagt hat, dass sie sich lieber aus der Sache heraushalten und mit ihren Teddys spielen sollen, ist er plötzlich ganz schön redselig.

»Warum erzählst du mir das alles?«, fragt sie.

»Weil Sina und ich eure Hilfe brauchen«, erwidert er. »Sina macht eine Ausbildung in der Stadt. Ich muss hier im Betrieb helfen und mich um die Schule kümmern. Wir brauchen jemanden, der uns dabei helfen kann, den Hof zu beobachten. Sina und ich haben leider nicht den ganzen Tag Zeit. Ihr schon.«

Conni schluckt. Endlich hört Joscha auf zu schnitzen und schaut sie an. Seine Augen sind eisblau. Fast wie bei einem Husky, denkt Conni.

»Wir … wir sollen den Hof der fremden Reiterin beobachten?«
Sie kann nicht verhindern, dass ihre Stimme zittert.
Joscha nickt. »Observieren, fotografieren, Videos machen, Beweise sammeln«, sagt er. »Wir müssen jeden einzelnen Schritt der Dame festhalten. Alles, was sie macht. Wann sie welches Pferd reitet, wie sie es aufzäumt, sattelt, longiert, reitet. Wie die Pferde untergebracht sind. Ob irgendwo Medikamente stehen. Das volle Programm.«
»Aber … ist das nicht verboten? Wir können doch nicht einfach auf ihren Hof spazieren und Videos drehen!«, wendet Conni ein. »Sollen wir nicht lieber alles deiner Mutter erzählen? Oder zur Polizei gehen? Bestimmt hilft sie uns, wenn wir –«
Joscha unterbricht sie mit einer ärgerlichen Handbewegung. Das Schnitzmesser saust durch die Luft. Conni rückt ein Stück zur Seite und schnappt nach Luft.
»Zuerst brauchen wir Beweise«, brummt er. »Dann schalten wir die Bullen ein. Und meine Mutter«, fügt er etwas sanfter hinzu.
»Aber –«, setzt Conni an.
»Überleg's dir in Ruhe. Sprich mit deinen Freundinnen darüber.« Joscha fährt mit seiner Schnitzarbeit fort. »Es geht um die Pferde.«
Conni wirft ihm einen Blick zu und wartet darauf, dass er noch etwas sagt, aber für ihn scheint das Gespräch beendet zu sein. Sie steht zögernd auf.
»Na gut«, sagt sie. »Ich rede mit Anna, Billi und Dina. Aber ich finde trotzdem, dass wir deine Mutter einweihen sollten. Schließlich sind wir nur zu Besuch hier. Da können wir doch

nicht einfach …« Sie bricht ab. Joscha scheint überhaupt nicht zuzuhören.

»Okay«, murmelt sie. »Wir sagen dir Bescheid.«

»Köszönöm«, sagt Joscha. Er hebt seinen Kopf und lächelt. »Das heißt danke.«

»Bitte«, sagt Conni. Sie dreht sich um und stolpert dabei über ihre eigenen Füße. Fast erwartet sie, dass Joscha lacht, aber er tut es nicht.

Ich hätte ein Wörterbuch einstecken sollen, überlegt sie, während sie langsam auf das Haupthaus zugeht, um mit Anna, Billi und Dina zu reden. Ungarisch-Deutsch, Deutsch-Ungarisch. Aber woher sollte ich ahnen, dass wir hier mitten in einem deutsch-ungarischen Pferdekrimi landen?

»Das ist ja unglaublich! Hab ich's nicht gleich gesagt? Wir stecken mitten in einem echten Thriller!« Annas Augen funkeln vor Aufregung.
»Pscht, nicht so laut!«, zischt Conni ihr zu. Sie hat Anna, Billi und Dina in den Garten gelotst, um ihnen alles zu erzählen. Der geplante Anruf bei Phillip ist vergessen. Das Handy hat sie mit schlechtem Gewissen in die Hosentasche geschoben. Joschas Plan ist im Moment wichtiger als alles andere. Sogar wichtiger als Phillip.
»Warum sollen wir leise sein?«, fragt Billi. »Es geht um die Pferde und dass wir ihnen helfen! Dafür tu ich alles!«
»Alles?«, fragt Dina ängstlich.
Billi nickt entschlossen.
»Auch wenn's verboten ist?« Dinas Stimme klingt ganz piepsig.
»Klar.« Wieder nickt Billi.
Dina schluckt.
»Ist es denn nicht verboten, wenn wir die Reiterin von weitem fotografieren oder ein Video von ihr und ihren Pferden drehen?«, wirft Anna ein.
Die anderen zucken mit den Schultern.
»Keine Ahnung«, gibt Conni zu. »Ohne ihr Einverständnis ver-

mutlich schon. Und ihre Erlaubnis wird sie uns wohl kaum geben. Erst recht nicht, wenn sie etwas zu verbergen hat.«

»Es werden aber doch ständig Bilder geschossen und veröffentlicht, ohne dass man Einfluss darauf hat. Denkt nur mal an Google, Facebook und all diese Sachen«, meint Billi.

»Gerade darüber beschweren sich die Datenschützer ja ständig«, sagt Dina. »Ich kann mir wirklich nicht vorstellen, dass es legal ist, jemanden zu bespitzeln. Ich möchte jedenfalls nicht, dass das jemand mit mir macht.«

»Aber wir wollen unsere Aufnahmen doch gar nicht veröffentlichen«, widerspricht Billi, »sondern nur dafür sorgen, dass die Tierquälerei aufhört!«

Conni holt tief Luft. »Wir dürfen auf keinen Fall irgendetwas machen, was uns oder Frau Mikesch in Schwierigkeiten bringt. Das ist klar.«

Anna, Dina und Billi nicken zustimmend.

»Und wir wollen den Pferden helfen«, fährt Conni fort.

Wieder nicken die anderen.

»Ich fürchte fast, dass wir dann vielleicht etwas nicht ganz Erlaubtes tun müssen«, sagt Conni sehr vorsichtig in Dinas Richtung. »Aber wirklich nur so viel, dass wir keinen Ärger bekommen und niemandem schaden.«

»Außer dieser fiesen Tussi«, sagt Billi grimmig.

»Ja, klar«, antwortet Conni. »Darum geht's doch bei der ganzen Sache! Joscha braucht Beweise, um sie anzeigen zu können.«

»Vielleicht sollten wir lieber eine Nacht darüber schlafen«, schlägt Dina vor.

»Und mit den Jungs sprechen«, meint Anna. »Die wollen doch morgen kommen, oder?«

Conni schlägt sich mit der flachen Hand gegen die Stirn.

»Mist, ja! Ich ruf Phillip sofort an! Er wollte mir vorhin schon die Uhrzeit durchgeben, wann ihr Bus fährt.« Plötzlich hat sie eine Idee. »Vielleicht können die Jungs uns sogar helfen. Was haltet ihr davon? Hättet ihr dann etwas weniger Angst?«

»Ich hab sowieso keine Angst. Egal, ob mit oder ohne Jungs«, sagt Billi selbstbewusst.

»Mir wäre schon wohler, wenn Mark dabei wäre«, meint Anna zögernd.

»Mir auch«, sagt Dina.

»Okay«, sagt Conni. »Dann drückt die Daumen, dass sie mitmachen!«

Sie zückt ihr Handy und wandert ein paar Schritte durch den Garten, während sie Phillips Kurzwahlnummer eintippt. Er meldet sich sofort.

Zu Connis Erleichterung ist er kein bisschen sauer, dass sie ihn am Vormittag so abgewürgt hat. Im Gegenteil, er klingt, als würde er sich sehr über ihren Anruf freuen.

»Hi!«, sagt er. »Sitzt du immer noch auf deinem Pferd und verfolgst jemanden?«

Conni muss lachen. »Nein. Im Augenblick nicht. Tut mir leid wegen vorhin.«

»Schon okay.«

»Kommt ihr morgen?« Conni setzt sich in eine Hängematte, die zwischen zwei Kirschbäumen hängt, und schwingt leicht hin und her.

»Klar. Wenn ihr nichts dagegen habt?«

»Nee«, sagt Conni schnell. »Wir freuen uns! Wann kommt ihr denn?«

Phillip nennt die Uhrzeit.
»Perfekt«, sagt Conni. »Wir holen euch an der Haltestelle ab. Ich hab vorhin gesehen, dass es hier ganz in der Nähe eine gibt. Am besten fragt ihr den Busfahrer nach dem Reiterhof Pappelslott.«
»Machen wir«, verspricht Phillip.
Sie unterhalten sich noch ein bisschen über das Fußballcamp, das schöne Wetter und darüber, wie schade es ist, dass sie nächste Woche schon wieder in die Schule müssen. Die fremde Reiterin und Joschas Plan erwähnt Conni nicht. Es wäre viel zu kompliziert, Phillip das alles am Telefon zu erklären. Das macht sie lieber persönlich.
»Bis morgen«, sagt sie zum Abschied.
»Bis morgen«, antwortet Phillip.
Conni legt auf. Irgendwie hat Phillip es geschafft, dass sie sich ruhiger fühlt. Ihr Herz klopft ein bisschen weniger doll. Dass er morgen zu Besuch kommt, trägt noch dazu bei.
Mit einem Mal ist sie sich sicher, dass sie das Richtige tun. Sie müssen den Pferden helfen und dafür sorgen, dass die Tierquälerin bestraft wird. Es geht gar nicht anders.
»Wir schaffen das!«, sagt sie entschlossen und steht auf, um zu ihren Freundinnen zurückzugehen.

Um sich von den aufregenden Ereignissen abzulenken, bitten sie Frau Mikesch, die Küche benutzen zu dürfen. Sie erzählen der Reiterhofbesitzerin, dass Phillip, Mark, Paul und Tim am nächsten Tag für ein paar Stunden zu Besuch kommen und dass sie gerne Kekse für die Jungs backen würden. Connie Mikesch hat nichts dagegen.

»Reiten eure Freunde auch?«
Anna lacht. »Mark auf einem Pferd? Das stell ich mir lieber nicht vor!«
»Nee, die haben echt nur Fußball im Kopf«, sagt Billi.
Conni grinst. Im Gegensatz zu Anna und Billi kann sie sich Phillip sehr gut auf einem Pferd vorstellen. Auf einem feurigen schwarzen Hengst zum Beispiel. Oder auf einem Schecken wie Little Joe. Aber das behält sie lieber für sich.
»Toll, dass wir deine Küche und die Vorräte benutzen dürfen«, sagt sie.
Frau Mikesch nickt. »Nehmt euch, was ihr braucht. Wenn ihr fertig seid, stellt alles in die Spülmaschine.«
»Danke!«, rufen die Mädchen im Chor.
»Was wollt ihr eigentlich backen?«, fragt Frau Mikesch beim Hinausgehen neugierig.
»Ich kenne ein Rezept für schwedische Hafertaler«, antwortet Dina. »Das ist ganz simpel. Ich kann es auswendig.«
»Wenn die nur halb so gut schmecken wie die Kekse, die ihr mir mitgebracht habt, werden sie garantiert toll. Viel Spaß!« Frau Mikesch dreht sich lächelnd um und verschwindet aus der Küche.
Die Freundinnen legen los.
»Wir brauchen Weizenvollkornmehl, Backpulver, Zucker, Haferflocken, Vanillezucker, ein Ei, eine Prise Salz, Bittermandelaroma und Speiseöl«, zählt Dina auf.
Conni, Anna und Billi starren sie an.
»Was denn?«, sagt Dina achselzuckend. »Ich hab die Kekse schon ganz oft mit meiner Mutter gebacken. Ich weiß das Rezept wirklich auswendig!«

Kichernd wuseln sie in der Küche hin und her und machen sich daran, alle Zutaten zusammenzusuchen.
»Wir müssen das Mehl und das Backpulver in einer großen Schüssel vermischen«, erklärt Dina. »Die anderen Sachen kommen einfach dazu und werden zu einem Teig verknetet. Der muss dann ein bisschen ruhen.«
»Das ist alles?«, staunt Anna.
Dina nickt. »Anschließend müssen wir nur noch mit Teelöffeln kleine Häufchen formen, sie auf ein Backblech legen und alles für eine Viertelstunde in den Backofen schieben.«
»Das sind ja richtige Turbokekse! Total genial!« Billi klatscht Dina ab.
Tatsächlich weht schon bald ein verführerischer Duft durch die Bauernküche. Conni hat sich auf die Fensterbank gesetzt und streichelt die graue Hofkatze. Sie heißt Frau Minze und ist schon fast zwanzig Jahre alt.
Frau Minze hat die Augen zu schmalen Schlitzen verengt und schnurrt leise. Conni denkt an Mau und lächelt. Sie vermisst ihren Tigerkater. Zum Glück sieht sie ihn schon bald wieder. Und Phillip auch. Morgen schon!
»Wenn nur schon morgen wäre«, flüstert sie Frau Minze zu und drückt sie an sich.

Am Abend sind zwei große Keksdosen bis zum Rand gefüllt. Das Kleeblatt hat sogar noch ein Blech extra gebacken und verteilt die Kekse an die anderen Feriengäste.
Alle freuen sich und loben die Backkünste der Mädchen. Frau Jacobi und Claire lassen sich von Dina das Rezept aufschreiben.

»Tolle Aktion! Könnt ihr öfter machen«, grinst Joscha und schnappt sich eine Handvoll Hafergebäck. Frau Mikesch klopft ihm zum Scherz auf die Finger.
Conni, Anna, Billi und Dina lachen. Kommt es ihnen nur so vor, oder ist Joscha plötzlich freundlicher zu ihnen?
»Bestimmt liegt es daran, dass wir jetzt so was wie Komplizen sind«, meint Anna, als Conni sie darauf aufmerksam macht.
Komplizen ... Wie sich das anhört! Conni zieht die Stirn kraus. Aber irgendwie hat Anna Recht.

Nach dem Abendessen nimmt Conni sich ihr Tagebuch und einen Stift und geht noch einmal hinaus in den Garten. Die anderen sitzen im Aufenthaltsraum, spielen und lesen. Conni hat versprochen, gleich zurückzukommen. Im Moment hat sie das Bedürfnis, allein zu sein und ihre Gedanken ein bisschen zu sortieren. Sie hat das Gefühl, als würde sich in ihrem Kopf ein Karussell drehen.
Die Rosen ringsherum verströmen einen intensiven Geruch. Irgendwo zirpt eine Grille im Gras. Frau Minze sitzt im geöffneten Küchenfenster und zwinkert Conni zu. Conni setzt sich auf eine Bank und zwinkert zurück, während sie überlegt, was sie aufschreiben soll.

Es macht mich traurig, dass es Menschen gibt, die Tiere quälen. Und das nur, damit sie bessere Leistungen bringen und auf Turnieren Geld und Preise gewinnen. Sollen die Menschen doch selbst um die Wette laufen oder über Hindernisse springen!

WARUM zwingen sie ihre Pferde dazu?
Kann man denn nicht nur zum Spaß reiten?
Oder mit seinem Pferd spazieren gehen?
Es einfach nur <u>lieb</u> haben?
Muss es denn immerzu und überall um
Höchstleistungen gehen? Gemein ist das!
Die Pferde können sich nicht wehren.
Und wenn sie es doch tun, werden sie auch
noch bestraft …

Sie hört auf zu schreiben. Sie merkt, wie sehr die Sache sie bedrückt. Anna, Billi und Dina geht es genauso. Darüber haben sie vorhin beim Abendbrot gesprochen. Irgendwann hat es schon einmal einen großen Skandal gegeben, als ein berühmter Springreiter seine Pferde misshandelt hat.
Conni erinnert sich daran, einen Fernsehbericht darüber gesehen zu haben. Natürlich fand sie die Enthüllungen zu der Zeit ganz schrecklich, aber gleichzeitig war alles irgendwie weit weg. Jetzt ist sie mittendrin. Sie kann etwas unternehmen, statt nur hilflos zuzuschauen. Hoffentlich …
Sie seufzt. Nach dem Skandal haben damals alle gesagt, es würde sich etwas ändern. So etwas dürfte nie wieder passieren. Und was ist jetzt?
»Nichts hat sich geändert!«, sagt sie laut und klappt ihr Tagebuch zu. Wer weiß schon, hinter wie vielen Stalltüren Pferde geschlagen und gequält werden? Warum sind manche Menschen nur so gemein?

Frau Minze maunzt leise, als Conni aufsteht und an ihr vorbei ins Haus geht. Sie streicht der Katze sanft über den Rücken und wünscht ihr eine gute Nacht.

***

»Ein Thriller?«
»Verbotene Trainingsmethoden?«
»Eine Frau, die ihr Pferd misshandelt?«
»Doping?«
»Geheime Observierungen?«
»Wovon sprecht ihr überhaupt?«
Die Jungs reden wild durcheinander und stellen eine Frage nach der anderen. Als sie fertig sind, starren sie zuerst sich und dann die Mädchen an. Ihre Gesichter sind überrascht und ungläubig zugleich.
Kein Wunder, denkt Conni. Das alles ist ja auch ziemlich schwer zu glauben.
Nach einer unruhigen Nacht sind Anna, Billi, Dina und Conni schon ganz früh aufgestanden. Noch nicht einmal Frau Jacobi war wach, um ihre Yoga-Übungen zu machen.
Sie haben sich angezogen, in Windeseile gefrühstückt, die Pferde gefüttert und geputzt, haben den Hof gefegt, alle Pferdeäpfel eingesammelt und sind eine halbe Stunde vor der Ankunftszeit des Busses zur Haltestelle marschiert, um auf Phillip, Paul, Mark und Tim zu warten.
Jetzt ist es immer noch früher Vormittag. Der ganze Tag liegt vor ihnen. Die Jungs müssen erst am Abend wieder zurückfahren. Conni ist sich ziemlich sicher, dass sie die Zeit bis dahin brauchen werden, um alles zu schaffen, was sie sich vorgenommen haben.

Kaum sind ihre Freunde aus dem Bus geklettert, haben die Mädchen sie auch schon umringt und mit den Neuigkeiten überfallen.

Phillip grinst schief.

Paul kratzt sich am Hinterkopf.

Mark und Tim gucken verstört.

Conni, Anna, Billi und Dina hüpfen um sie herum und versuchen, ihnen einigermaßen verständlich zu erklären, worum es geht. Die Ereignisse der vergangenen Tage sprudeln nur so aus ihnen heraus.

»Mooment«, sagt Phillip schließlich und hebt eine Hand. »Könnt ihr vielleicht noch mal ganz von vorne anfangen? Gaanz langsam. Und dabei bitte nicht alle durcheinandersprechen. Worum geht's überhaupt?«

Paul hört auf, sich am Kopf zu kratzen.

Die Mädchen verstummen.

In der Ferne kräht ein Hahn.

Conni runzelt die Stirn.

»Aber das haben wir doch gerade gesagt! Um eine Frau, die ihre Pferde misshandelt!«

Sie funkelt Phillip an. Hat er denn nicht zugehört?

»Sie hat ihr Pferd geschlagen und uns über den Haufen geritten«, springt Anna ihr bei.

»Am Strand hat sie es dann wieder total mies behandelt«, ergänzt Billi.

Dina nickt. »Ich hab jede Menge Fotos gemacht. Die brauchen wir als Beweise, hat Joscha gesagt, wenn wir die Frau bei der Polizei anzeigen!«

»Anzeigen? Bei der Polizei?« Tim reißt die Augen auf.

»Puh«, macht Phillip.
»Wer ist Joscha?«, fragt Mark misstrauisch.
Anna erklärt es ihm.
»Und was haben wir damit zu tun?«, will Paul wissen.
»Ihr helft uns bei der Beschaffung weiterer Beweise«, sagt Billi so ruhig, als wäre es die selbstverständlichste Sache der Welt. »Je mehr Beweismaterial wir haben, desto besser ist es nämlich.«
»Du hörst dich an wie eine Kriminalkommissarin«, sagt Paul und nickt ihr anerkennend zu.
Billi grinst.
Sie verlassen die Bushaltestelle und biegen in die Pappelallee ein, die zum Gut führt.
»Und ich dachte, wir machen uns einen netten Tag, gehen irgendwo ein Eis essen oder an den Strand«, meint Phillip.
Seine Finger streifen leicht über Connis Hand.
»Wenn alles gut geht, können wir das hinterher immer noch tun«, erwidert Conni lächelnd. »Aber zuerst müssen wir uns um die Pferde kümmern. Das verstehst du doch, oder?«
»Na klar«, sagt Phillip sofort. »Ich wusste nur nicht, dass ich mit einer Privatdetektivin befreundet bin.«
»Ich und eine Privatdetektivin?«, Conni wischt sich eine Haarsträhne aus dem Gesicht und lacht.

Auf dem Hof treffen sie Joscha. Er hat Fidelios Kutschgeschirr ins Freie getragen, es komplett zerlegt und fettet jetzt die einzelnen Lederteile ein. Danach sind die Sättel und Zaumzeuge der anderen Pferde dran, erzählt er.
»Wir würden dir ja gerne helfen«, sagt Anna.
»Aber ihr habt was anderes zu tun«, erwidert Joscha. »Ich weiß.«

Er macht sich mit den Jungs bekannt. Phillip, Paul, Mark und Tim mustern den älteren Jungen aufmerksam.
»Ich wünschte, ich könnte euch begleiten«, sagt Joscha ernst. »Aber der Schmied ist gleich da und braucht meine Hilfe. Gegen Mittag will der Tierarzt vorbeischauen, um ein paar Pferde zu impfen und zu entwurmen. Ich hab einfach zu viel zu tun. Connie reißt mir den Kopf ab, wenn ich mich heimlich verdrücke und sie mit allem alleine lasse.«
»Wir kommen schon zurecht«, sagt Conni, obwohl sie sich da gar nicht so sicher ist.
Joscha legt den Stofflappen beiseite, mit dem er das Leder bearbeitet hat, und beschreibt ihnen den Weg zu dem Hof der fremden Reiterin.
»Sie heißt Xenia Struwe. Das hat Sina gestern noch herausgefunden. Mehr kann ich euch leider nicht sagen. Die Zeit war einfach zu knapp. Sucht euch ein Versteck, von dem aus ihr den Reitplatz im Auge habt und fotografieren könnt.«
»Sollen wir uns nicht auch auf dem Hof und in den Ställen umsehen?« Phillip reibt sich das Kinn. »Wenn die wirklich was zu verbergen hat, wird sie es todsicher hinter verschlossenen Türen tun, oder?«
Joscha nickt ihm zu. »Klar könnt ihr versuchen, auf den Hof zu kommen. So wie ich die Dame kennengelernt habe, wird sie allerdings etwas dagegen haben. Neulich auf dem Feldweg hat sie schon versucht, die Mädchen einzuschüchtern, nachdem Anna gesehen hat, wie sie ihr Pferd geschlagen hat. Das anschließende Manöver sollte garantiert dafür sorgen, dass ihr sie nicht verpfeift.«
»Du meinst, sie wollte uns Angst einjagen?«, fragt Conni.

»Klar«, sagt Joscha. »Was sonst?«
»Immerhin seid ihr Zeugen«, meint Phillip an Conni und Anna gewandt. »Kein Wunder, dass die euch über den Haufen reiten wollte!«
Conni und Anna zucken zusammen.
»Zeugen?«, fragt Anna vorsichtig.
»'türlich«, sagt Joscha. »Oder denkt ihr etwa, die hört von alleine auf? Die einzige Möglichkeit, sie anzuzeigen und vor Gericht zu bringen, sind Beweise und Zeugenaussagen. Es ist kein Kinderspiel. Das hab ich euch schon mal gesagt. Noch könnt ihr aussteigen.«
Conni, Anna, Billi und Dina wechseln einen Blick.
Conni streckt ihre Hand aus. Anna legt ihre Hand darauf. Billi und Dina folgen ihrem Beispiel.
»Wir packen das!«, sagt Billi mutig.
»Klarer Fall!« Conni nickt entschlossen.
Die Jungs schauen sich an, aber sie sagen nichts. In der Luft liegt eine geheimnisvolle Spannung. Sogar Balu scheint das zu spüren. Er liegt unter der Bank und bellt, als hätte er jedes einzelne Wort verstanden.

Zum Glück ist Frau Mikesch wegen der bevorstehenden Besuche des Hufschmieds und des Tierarztes abgelenkt. Sie begrüßt die Jungs nur kurz und erkundigt sich, ob sie reiten möchten.

»Nein, danke. Wir nehmen lieber die Räder, wenn wir dürfen, und zeigen unseren Freunden ein bisschen die Gegend«, sagt Conni schnell.

»Sicher.« Frau Mikesch nickt zerstreut. »Wir haben allerdings im Moment nur vier Fahrräder. Ihr müsst euch abwechseln oder zu zweit fahren.«

Conni und Phillip schauen sich an. Zu zweit auf einem Rad? Das klingt romantisch. Wenn nur der Grund ihrer Radtour nicht so ernst wäre …

Als Frau Mikesch und Joscha im Stall verschwunden sind, holen sie die Räder aus dem Schuppen und machen sich auf den Weg.

Anna und Mark teilen sich ein Rad. Dina und Tim ebenfalls. Billi und Paul streiten sich kurz darüber, wer lenken darf und wer hinten sitzen soll. Schließlich vereinbaren sie, dass sie sich abwechseln.

Conni und Phillip einigen sich schnell. Conni fährt. Phillip sitzt auf dem Gepäckträger und hält sich an ihrer Taille fest.

»Ist es sehr weit?«, fragt er.
Conni schüttelt den Kopf. Von Joscha weiß sie, dass der Resthof kurz hinter dem Deichdurchlass liegt, durch den Anna und sie gestern geritten sind. Sie müssen immer nur dem Deich folgen und irgendwann rechtzeitig abbiegen.
»Mach's dir gemütlich und halt dich gut fest!«, ruft sie.
Phillip hebt die Füße hoch und verzieht das Gesicht zu einem schiefen Grinsen.
Die Sonne scheint, der Wind weht frisch vom Meer. Die Räder rollen fast von allein über den glatten Asphalt.
»Zum Glück gibt's hier keine Berge«, spöttelt Phillip.
»Sonst dürftest du fahren«, kontert Conni über die Schulter.
Unterwegs besprechen sie, wie sie vorgehen wollen.
Mark ist der Meinung, dass Conni und Anna sich möglichst im Verborgenen halten sollten. »Die Frau kennt euch. Die schöpft garantiert Verdacht, wenn ihr plötzlich auf dem Hof auftaucht!«
Conni und Anna nicken. Den Gedanken hatten sie auch schon.
»Aber Dina und mich kennt sie noch nicht«, sagt Billi.
Dina zuckt kaum merklich zusammen.
»Stimmt«, meint Phillip. »Ihr könntet auf den Hof marschieren und euch doof stellen. Tut einfach so, als hättet ihr euch verlaufen. Oder fragt sie, ob man bei ihr Ponys für einen Ausritt mieten kann. Euch fällt schon was ein. Auf jeden Fall müsst ihr diese Xenia Struwe ein bisschen ablenken und beschäftigen.«
»Okay«, sagt Billi, als wäre das für sie die einfachste Aufgabe der Welt. »Kein Problem.«
Dina ist ebenfalls einverstanden, auch wenn sie dabei kein besonders glückliches Gesicht macht, sondern eher besorgt aussieht.

»In der Zwischenzeit schleichen wir uns in den Stall und in die Reithalle«, sagt Mark, »und schauen uns da mal ein bisschen um.«
»Anna und ich behalten währenddessen den Springplatz und die Pferdekoppeln im Auge und machen Fotos«, schlägt Conni vor. »Es gibt da bestimmt ein paar Bäume oder Büsche, hinter denen wir uns verstecken können.«
»Hört sich perfekt an«, findet Tim.
Die anderen sind ganz seiner Meinung.
Conni tritt entschlossen in die Pedale. Durch den Stoff ihres T-Shirts spürt sie Phillips Hände. Sie liegen warm und ruhig um ihre Mitte und geben ihr ein Gefühl von Sicherheit.
»Gut, dass du dabei bist«, sagt Conni leise.
Phillip kann es eigentlich nicht gehört haben. Aber er drückt sie, als wüsste er genau, was sie meint.

Nach einer knappen Viertelstunde Fahrt taucht in der Ferne ein einsamer Hof auf. Er ist von hohen Bäumen umstanden und sieht auf den ersten Blick verlassen und ein bisschen verwahrlost aus. Das Reetdach weist einige große, nur grob geflickte Löcher auf. Die Weidezäune sind krumm und schief. Nirgendwo sind Pferde zu sehen.
Merkwürdig, denkt Conni. Ob die bei dem schönen Wetter etwa im Stall stehen müssen?
Sie hält an. »Das muss es sein!«
Mark, Paul und Tim bremsen neben ihr ab. Anna springt vom Gepäckträger und streckt sich. Phillip, Billi und Dina machen es ihr nach.
»Keine Nachbarn weit und breit.« Phillip schaut sich um. »Wir

sollten die Räder hier irgendwo stehenlassen und zu Fuß weitergehen.«
Billi zeigt auf einen tiefen, halb zugewachsenen Graben gleich neben der Straße.
»Perfekt!«, meint Phillip.
Sie schieben die Räder in den Graben, an dessen Rändern lange Gräser, Wildblumen und Unkraut wuchern.
»Wer nicht genau hinschaut, wird sie nicht entdecken«, nickt Paul.
»Außerdem knattert hier höchstens mal ein Traktor vorbei«, sagt Conni. Sie wischt sich die Hände am Hosenboden ab und bleibt unschlüssig stehen. »Und jetzt?«
»Jetzt geht's los!«, sagt Phillip ernst.
Sie checken ihre Kameras und schalten ihre Handys auf Vibrationsalarm. Nichts soll sie verraten. Auch kein plötzlich eingehender Anruf ihrer Eltern oder eine SMS.
Dina hängt sich den Fotoapparat ihrer Mutter um den Hals.
»Du siehst wie eine echte Touristin aus«, grinst Paul.
Dina wird rot.
»Tarnung ist alles«, murmelt Tim und setzt seine verspiegelte Sonnenbrille auf.
Conni kann nicht anders, sie kichert. »Hey, wir sind doch keine Spione!«
»Nicht?« Tim hebt eine Augenbraue.
»Ich finde schon«, meint Mark.
Anna nickt.
»Hm, stimmt. Ihr habt Recht«, gibt Conni zu.
»Spione für die Pferde!«, sagt Billi. »Das hört sich doch klasse an, oder?«

»Wir sollten langsam loslegen, sonst wird das nichts mit der Ausspioniererei.« Phillip gibt Conni einen Stups auf die Nasenspitze. »Sucht euch ein schönes Versteck und lasst euch nicht erwischen. Wir sehen uns!«

Obwohl ihr nicht danach zu Mute ist, zwingt Conni sich zu einem Lächeln. Ihr Puls ist so beschleunigt, dass sie glaubt, alle müssten ihr Herz klopfen hören.

»Bis dann!«, sagt sie. »Passt auch auf euch auf!«

Dina und Billi winken den anderen zu und marschieren los. Die Jungs warten, bis die beiden in der Hofeinfahrt verschwunden sind. Dann setzen sie sich ebenfalls in Bewegung.

»Viel Glück!«, rufen Anna und Conni ihnen hinterher.

Sie gucken sich an.

»Oh Mann …«, sagt Anna. »Wenn das mal gut geht.«

»Es muss einfach gut gehen«, sagt Conni und unterdrückt einen Seufzer.

Sie bleiben noch ein, zwei Minuten neben der Landstraße stehen, bis sie sich schließlich ein Herz fassen und durch den Graben klettern. Auf der anderen Seite helfen sie sich gegenseitig, unter einem Stacheldrahtzaun hindurchzukriechen.

»Ich hasse Stacheldraht«, grummelt Conni.

»Besonders auf Pferdekoppeln«, brummt Anna.

Im Schutz einer windschiefen Baumreihe huschen sie über die Weide und ducken sich hinter einen wild wuchernden Fliederbusch. Zu ihrer Überraschung liegt direkt dahinter ein Springplatz.

»Wow!«, flüstert Conni. »Sieht aus, als wären wir hier goldrichtig!«

Anna und sie klatschen sich leise ab. Anna zückt ihr Handy und macht ein paar Aufnahmen von den Hindernissen. Allerdings sehen die genauso aus wie auf jedem anderen Reitplatz auch, stellt Conni fest. Es gibt bunt lackierte Hindernisse, leicht angerostete Stangenhalter, eine Mauer aus Sperrholzquadern, eine dicke Rolle, ebenfalls aus Holz, und jede Menge Cavalettis, niedrige Sprungstangen mit Holzkreuzen an beiden Enden. Je nachdem, wie man sie auf den Boden legt, kann man ihre Höhe verändern. Nichts daran deutet auf etwas Verbotenes hin.
»Hat Joscha nicht gesagt, er hätte herausgefunden, dass die ihre Pferde barrt?«, wispert Conni Anna zu.
Die nickt. »Dazu braucht sie aber einen Helfer. Der haut mit einer Stange gegen die Beine der Pferde, während sie springen. Alleine kann sie das nicht machen. Aber es gibt noch andere fiese Möglichkeiten. Wusstest du, dass manche Reiter die Pferdebeine extra mit einer durchblutungsfördernden Salbe einreiben, damit es besonders wehtut, wenn sie irgendwo gegenschlagen? Oder dass es Hindernisstangen mit umgedreht angenagelten Kronkorken gibt? Manche nehmen auch Stacheldraht und wickeln ihn um die Stangen. Alles nur, damit die Pferde beim Springen Schmerzen spüren und vor Angst ihre Beine noch mehr anheben und über noch höhere Hindernisse springen.«
»Nein, das wusste ich nicht«, stößt Conni hervor. »Aber das ist ja furchtbar!«
»Ja, das ist es«, sagt Anna grimmig.
Conni presst die Lippen zusammen und schluckt die aufsteigenden Tränen herunter.
Am Rand des Springplatzes liegen mehrere lange Bambus-

stöcke. Für Hindernisstangen sind sie zu dünn. Lackiert sind sie auch nicht. Ob das die Stangen sind, von denen Joscha gesprochen hat? Sie schießen ein paar Fotos, auch wenn sie sich nicht sicher sind, ob sie irgendetwas aussagen.

Alles kann wichtig sein, sagt Conni sich. Jeder noch so winzige Hinweis.

»Das Einreiben nennt man Blistern«, fährt Anna fort, während sie die Hindernisse durch den Sucher ihrer Handykamera genauer unter die Lupe nimmt. »Es ist genauso verboten wie aktives Barren. Trotzdem wird beides gemacht. Echt schlimm. Moment mal, was ist das denn?«

»Was denn?«, fragt Conni.

»Siehst du den rot-weißen Oxer?« Anna zeigt auf ein Hindernis, das aus vier Hindernisständern und mehreren Stangen besteht.

Conni nickt.

»Da ist irgendwas dran befestigt. Es könnte eine ferngesteuerte Sprungauflage sein.« Anna schiebt die Augenbrauen zusammen und macht ein Foto mit Zoom.

»Eine was?«, fragt Conni.

»Die obere Stange kann per Fernbedienung ausgelöst werden«, erklärt Anna ihr. »Ich hab mal in einer Pferdezeitschrift Bilder von so etwas gesehen. Das sah genauso aus wie das hier. Die Stange springt genau in dem Augenblick hoch, wenn das Pferd darüberspringt. Manche Reiter legen zusätzlich noch eine dünne Aluminiumstange obendrauf. Wenn das Pferd die berührt, tut es nicht nur weh, sondern scheppert auch noch laut. Dadurch wird der Schreck größer und das Pferd –«

»– hebt seine Beine beim nächsten Mal noch höher, um das

nicht noch einmal zu erleben«, vollendet Conni den Satz. »Wie gemein!«

Anna nickt.

Irgendwo bellt ein Hund. Es kommt nicht vom Hof, sondern von der Landstraße. Trotzdem hören sie auf zu fotografieren und ducken sich ein bisschen tiefer in ihr Versteck. Der Flieder bietet einen guten Schutz, lässt ihnen aber gleichzeitig die Möglichkeit, alles im Auge zu behalten. Nur auf den Hof und in die Ställe können sie von hier aus nicht schauen. Aber dafür sind ja auch die Jungs zuständig.

Was die wohl gerade machen?

Ob sie schon Beweise gefunden haben?

Ob es Dina und Billi gelungen ist, Frau Struwe abzulenken?

Hoffentlich, denkt Conni.

Sie drückt ihren Daumen so fest, dass der Knöchel weiß hervortritt. Als plötzlich eine Stimme ertönt und wenig später eine Frau ein Pferd auf den Springplatz führt, vergisst sie fast zu atmen. Anna lässt vor Schreck ihr Handy fallen. Blitzschnell sammelt sie es wieder auf und hält genau wie Conni den Atem an.

Die Frau auf dem Reitplatz ist die Frau von dem Feldweg und vom Strand. Sie trägt helle Reithosen, lange Stiefel mit Sporen, ein Polohemd und einen grauen Helm. Das Pferd an ihrer Seite ist ein junger Brauner. Er ist so kurz ausgebunden, dass sein Kinn fast seine Brust berührt. In seinen Augen blitzt das Weiße auf. Als die Frau mit einer langen Gerte gegen die Pferdebeine schlägt, würde Conni am liebsten aufspringen, aber Anna hält sie zurück.

»Siehst du, wie eng der Nasenriemen ist?«, flüstert sie Conni zu. »Und der Kehlriemen? Das arme Tier bekommt kaum Luft!«

Conni kann nicht antworten. Sie hat nur Augen für den Wallach. Sein Maul steht halb offen. Er wehrt sich verzweifelt gegen den viel zu kurzen Ausbinder.

Frau Struwe hat mittlerweile eine Longe in die Pferdetrense eingeklinkt und die Ausbindezügel noch kürzer geschnallt. Sie lässt den Braunen zwischen den Hindernissen auf einem großen Zirkel galoppieren.

Anna macht Fotos. Dann stellt sie auf Videofunktion um und nimmt alles auf. Ihre Hand, mit der sie das Handy zum Filmen hochhält, zittert.

Immer wieder saust die Peitsche der Pferdetrainerin durch die Luft. Der Schweif des jungen Pferdes schlägt hin und her, aber nicht wegen der Fliegen, sondern weil es sich nicht wohlfühlt und gegen die harte Behandlung protestiert. Conni hat in einem Pferdebuch gelesen, dass Pferde dann heftig mit dem Schweif schlagen. Außerdem hat es die Ohren angelegt. Sie sind nicht aufmerksam gespitzt und spielen auch nicht fröhlich hin und her wie bei den Pferden vom Pappelslott, nein, sie liegen eng am Kopf und verleihen dem Pferdegesicht einen unglücklichen Ausdruck.

Conni mag kaum noch hinsehen. Erst recht nicht, als das Pferd strauchelt und die Frau es sofort bestraft, indem sie scharf an der Longe reißt. Sie lässt den Wallach anhalten, geht auf ihn zu und zwingt ihn rückwärtszugehen. Das junge Pferd reißt panisch die Augen auf. Es bläht die Nüstern und schnaubt. Es knickt ein und setzt sich fast auf seine Hinterbeine – trotzdem hört Frau Struwe nicht auf. Jetzt fängt sie auch noch an, es an-

zuschreien. Dabei weiß doch jeder, dass man mit Pferden ruhig und sanft umgehen muss! Conni stöhnt verzweifelt auf. Anna krallt sich an ihrem Arm fest. Es tut weh, aber der Anblick des Pferdes ist viel, viel schlimmer.
Eine verschwommene Bewegung hinter dem Reitplatz lenkt Conni ab. Da winkt jemand. Ganz kurz tauchen blonde Locken auf und verschwinden sofort wieder. In ihrer Hosentasche vibriert das Handy. Conni zieht es heraus und liest die SMS.

Wir haben, was wir brauchen.
Lasst uns verschwinden!
Treffen uns bei den Rädern.
P.

Conni zeigt Anna das Display. Sie nicken sich stumm zu. Wortlos schiebt Conni ihr Handy zurück. Auf dem Reitplatz ist die Frau inzwischen dazu übergegangen, den Braunen über die Cavalettis galoppieren zu lassen. Immer und immer wieder. Sobald er eine der niedrigen Hindernisstangen auch nur leicht berührt, bekommt er einen Schlag mit der Peitsche.
Conni hört den schweren, keuchenden Atem des Pferdes. Es schwitzt. Sein Hals und seine Flanken glänzen dunkel. Von seinem Maul tropfen weiße Schaumflocken.
»Hab keine Angst«, murmelt sie leise. »Wir helfen dir. Wir holen dich hier raus. Das versprech ich dir.«
Tränenblind stolpert sie hinter Anna her. Ihr T-Shirt bleibt an einem Zweig hängen, mit dem Unterarm streift sie eine Brombeerranke. Der Kratzer brennt und fängt sofort an zu bluten.

Conni achtet nicht darauf. Geduckt schleicht sie hinter Anna her und ist in Gedanken immer noch bei dem braunen Wallach.

Sie schlagen extra einen weiten Bogen, um aus dem Sichtfeld der Pferdetrainerin zu kommen. Erst dann wagen sie wieder normal zu atmen und sich aufzurichten. Bis zum vereinbarten Treffpunkt – dem Graben, in dem die Räder liegen – benötigen sie ein paar Minuten.
Die anderen sind schon da und warten auf sie.
Phillip kommt auf Conni zu und nimmt sie in den Arm.
Conni schnieft leise. Ihre Knie zittern, aber sie schafft es irgendwie zu lächeln. Ihre Freunde sind da. Phillip ist da.
»Alles wird gut«, sagt er leise und streicht ihr übers Haar.
Conni kann nur stumm nicken. Der Kloß in ihrem Hals sitzt einfach zu fest.
»Wir haben alles fotografiert und gefilmt!«, sagt Anna aufgeregt. »Die Stangen zum Barren, eine ferngesteuerte Hindernisauflage, wie sie ihr Pferd behandelt, die kurzen Ausbinder, das viel zu enge Zaumzeug, die Peitsche – einfach alles!«
»Wir haben auch was entdeckt«, sagt Paul. »Elektrosporen, Ketten, scharfe Kandaren und jede Menge Medikamente.«
»Außerdem stand eins der Pferde in einer stockdunklen Einzelbox ohne Fenster«, sagt Mark. Er schüttelt sich. »Das sah aus wie Dunkelhaft. Echt brutal. Das arme Tier konnte sich kaum bewegen. Ich kann mir nicht vorstellen, dass so was erlaubt ist!«
»Ihr wart im Stall?«, fragt Conni.
»Ja. Und in der Reithalle. Es liegt alles offen herum.« Phillip zieht eine leere Tablettenschachtel mit einer ausländischen

Beschriftung aus seiner Hosentasche. »Keine Ahnung, was das für ein Zeug ist. Ich weiß nicht, was das für eine Sprache ist. Vielleicht kann Joscha etwas damit anfangen.«

»Unser Ablenkungsmanöver hat super geklappt«, mischt Billi sich ein. »Dina und ich haben uns einfach doof gestellt. Die Jungs konnten unterdessen überall rumschleichen und sich alles angucken.«

»Diese Xenia Struwe ist echt gruselig«, sagt Dina. »Ich dachte, die geht jeden Augenblick auf Billi und mich los!«

»Dabei haben wir sie nur gefragt, ob wir mal eine Runde reiten dürfen.« Billi kichert. »Natürlich hat sie sofort Nein gesagt, aber wir haben nicht lockergelassen und so lange weitergebettelt und sie genervt, bis sie uns irgendwann vom Hof gejagt hat.«

»Da hatten wir zum Glück schon alles, was wir brauchten«, nickt Mark. »Fotos,Videos, das volle Programm.«

»Und jetzt?«, fragt Conni.

»Jetzt fahren wir zu Joscha und zeigen ihm alles«, antwortet Phillip. »Und dann machen wir einen Plan. Es ist langsam an der Zeit, einen Erwachsenen einzuweihen.«

»Joschas Mutter«, nickt Conni. »Unbedingt! Ich weiß, dass sie uns hilft, wenn wir ihr erzählen, was wir gesehen haben. Sie liebt Pferde über alles.«

»Dann mal los!«, sagt Phillip.

Sie ziehen die Räder aus dem Graben und machen sich auf den Heimweg.

Die Stimmung ist ziemlich bedrückt. Niemand spricht. Jeder ist mit seinen eigenen Gedanken beschäftigt. Conni hat Phillip großzügig den Fahrradsattel überlassen. Sie selbst hat sich auf den Gepäckträger geschwungen und denkt darüber nach, was sie und ihre Freunde herausgefunden haben. Während sie abwechselnd auf die Rückennummer von Phillips Fußballtrikot, die vorbeiziehende Landschaft und grasende Schafe starrt, drehen sich die Gedanken in ihrem Kopf wie ein Karussell.

»Ob die Beweise, die wir gesammelt haben, wirklich ausreichen, um dieser Frau das Handwerk zu legen?«, überlegt sie laut.

»Ich hoffe es«, stößt Phillip hervor.

»Ich auch«, erwidert Conni. »Und wie!«

Sie wendet ihr Gesicht zur Seite und legt ihre Wange gegen Phillips Rücken. Sein Trikot muss frisch gewaschen sein. Es duftet wie eine Wiese im Frühling. Conni schließt die Augen und lächelt.

Joscha lotst die Freunde gleich nach ihrer Rückkehr in sein Zimmer und schließt die Tür hinter ihnen. Auf dem Hof steht ein dunkelblauer Kombi mit einem Veterinär-Aufkleber an der Windschutzscheibe. Joscha erzählt, dass der Tierarzt im Garten sitzt und mit Connie Kaffee trinkt.

»Der Schmied ist gerade weg«, sagt er und fährt seinen Computer hoch, der offensichtlich schon bessere Zeiten gesehen hat. Er ächzt, stöhnt und sirrt, der Lüfter brummt laut. Es kommt Conni wie eine Ewigkeit vor, bis endlich der Startbildschirm erscheint. Die ganze Zeit flucht Joscha leise vor sich hin.

Conni schaut sich unauffällig in dem Zimmer um. Es ist groß, mit sehr viel Holz eingerichtet und ziemlich unaufgeräumt, aber gemütlich. Fast wie eine Höhle. An den Wänden hängen Poster von Tierschutzorganisationen und mehrere Bilder von Little Joe. Eins davon zeigt ihn als Fohlen. Der kleine Junge, der neben ihm steht, muss Joscha sein. Conni lächelt.

Joscha hat inzwischen Annas Handy mit seinem PC verbunden. Mit konzentriertem Blick klickt er sich durch die Aufnahmen und sieht sich auch das Video an. Zuerst in normaler Geschwindigkeit, dann noch einmal in Zeitlupe.

»Gute Arbeit«, brummt er. »Respekt.«

Conni reicht ihm ihr Handy. »Hier sind auch noch ein paar Bilder drauf. Von den Hindernissen, den dünnen Stangen und so.«

Joscha nickt ihr anerkennend zu.

Phillip, Paul, Mark und Tim überspielen die Aufnahmen von ihren Handys direkt in Joschas E-Mail-Postfach. Er überprüft, ob alles vollständig auf seinem Rechner gelandet ist, und nickt noch einmal zufrieden.

»Zusammen mit den Beweisen, die Sina und ich schon gesammelt haben, Dinas Fotos vom Strand und unseren Zeugenaussagen wird es reichen«, meint er und schiebt einen CD-Rohling in das Laufwerk. Mit ein paar Klicks befiehlt er seinem PC, die Bilder und Videos auf die CD zu übertragen.

»Was hast du jetzt vor?«, fragt Phillip und zeigt auf das CD-Fach. »Willst du damit zur Polizei gehen?«

Joscha schüttelt den Kopf. »Meine Freundin macht eine Ausbildung bei einem Rechtsanwalt. Wir haben uns schon mit ihm unterhalten. Er wird prüfen, ob er unser Material für eine Anzeige bei der Polizei verwenden kann. Anschließend kümmert er sich um alles. Er ist ein großer Tierfreund und arbeitet für verschiedene Hilfsorganisationen. Er wird den Fall ehrenamtlich übernehmen.«

»Das ist ja super!«, ruft Conni.

»Wir sollten unbedingt auch den Tierschutzverein einschalten«, sagt Billi. »Ich bin in der Tierschutzjugend. Ich weiß, dass da auch Anwälte arbeiten. Die sind auf Tierrechte und Tierschutz spezialisiert. Die helfen uns garantiert!«

»Mein Vater ist auch Jurist«, mischt Phillip sich ein. »Er wird uns bestimmt gerne unterstützen, wenn er kann.«

Joscha grinst breit. »Je mehr Unterstützer wir haben, desto besser. Den Tierschutzverein sollten wir auf jeden Fall mit ins Boot holen. Aber zuerst gehen wir zu Sinas Chef. Er arbeitet hier im Ort. Es geht am schnellsten, wenn er sich um alles kümmert. Ich hab letzte Nacht ein bisschen über Frau Struwe im Internet recherchiert. Wenn es stimmt, was ich herausgefunden habe, sollte der Rest ein Klacks sein.«
Er zieht eine Schreibtischschublade auf und befördert einen Packen Papierausdrucke ans Tageslicht.
»Was ist das alles?«, fragt Anna.
»Xenia Struwes Lebenslauf«, lächelt Joscha. »Von ihren ersten Erfolgen als Vielseitigkeitsreiterin über ihre Heirat mit einem prominenten Pferdetrainer bis hin zu ihrem Berufsverbot.«
»Wieso Berufsverbot?«, fragt Paul.
»Sie ist ausgebildete Pferdewirtin und Berufsreiterin«, antwortet Joscha. »Vor zwölf Jahren hat sie zusammen mit ihrem Mann Theo Langenbach einen großen Ausbildungs- und Verkaufsstall aufgebaut. Es sollte ein ganz großes Ding werden. Leider hat der feine Herr Langenbach seine Pferde systematisch gedopt und misshandelt. Auf einem Turnier ist ein Pferd zusammengebrochen. Es stand unter dem Einfluss von Medikamenten, die in der Tierhaltung nicht erlaubt sind. Der Verband hat damals eine lebenslange Sperre gegen ihn verhängt. Langenbach ist rechtskräftig verurteilt und darf niemals wieder Pferde und Reiter ausbilden.«
»Und Xenia?«, fragt Conni.
»Xenia Langenbach, wie sie seit ihrer Heirat eigentlich heißt, wurde wegen Mitwisserschaft angeklagt, aber man konnte ihr nichts nachweisen. Sie hat sich von ihrem Mann getrennt und

alleine weitergemacht. Auf einem großen Turnier sind die Nerven mit ihr durchgegangen. Sie hat ein Pferd vor versammeltem Publikum verprügelt.« Joscha bricht ab. Im Zimmer ist es mucksmäuschenstill. »Das war das Ende ihrer Karriere als erfolgreiche Turnierreiterin. Sie wurde von mehreren Leuten angezeigt. Gegen sie wurde nicht nur ein Berufsverbot, sondern auch ein lebenslanges Tierhalteverbot verhängt. In ihrem Stall müssen echt schlimme Zustände geherrscht haben.«

Conni holt tief Luft. »Heißt das, dass sie eigentlich gar keine Pferde halten darf?«

»Genau das«, nickt Joscha. »Struwe ist ihr Mädchenname. Sie hat ihn wieder angenommen, um die Verbindung zu dem damaligen Skandal und zu Theo Langenbach zu verwischen. Sie wollte hier ganz neu durchstarten.«

»Als ob nichts gewesen wäre«, sagt Billi leise. »Unglaublich!«

»Aber das ist ja kriminell!«, stößt Anna hervor.

Die Freundinnen starren sich an.

»Ganz klar«, bestätigt Phillip.

»Boah!«, macht Paul. »Ich dachte, ihr verbringt hier einfach nur ein paar lustige Tage auf einem Reiterhof. Und dabei deckt ihr einen Kriminalfall auf!«

»Wahnsinn«, sagt Conni. »Und was machen wir jetzt?«

»Wir müssen die Pferde da rausholen, bevor ihnen etwas zustößt!«, ruft Billi. »Am besten heute noch!«

Die Jungs schauen sich an.

Phillip nickt. »Wir sind dabei!«

»Logo«, sagt Paul.

Zu Connis Erstaunen schüttelt Joscha den Kopf.

»Wir dürfen nichts auf eigene Faust unternehmen«, erklärt er, »auch wenn's schwerfällt. Wir machen uns sonst strafbar, und damit würden wir den Pferden keinen Gefallen tun. Was wir bis jetzt unternommen haben, war schon grenzwertig. Sobald der Anwalt die Anzeige offiziell eingereicht hat und ein Gericht sich mit der Sache befasst, werden die Pferde beschlagnahmt und in Sicherheit gebracht. Da bin ich mir sicher. Wir haben den Stein ins Rollen gebracht. Der Rest wird ziemlich schnell gehen.«

»Hoffentlich«, murmelt Billi.

»Na klar«, sagt Conni und gibt ihr einen aufmunternden Stups.

Als es an der Tür klopft und kurz darauf Sinas hellbrauner Haarschopf ins Zimmer lugt, springt Joscha auf.

»Hey!«, ruft er. »Da bist du ja endlich!«

Phillip, Paul, Mark und Tim mustern Sina neugierig. Joscha macht sie mit allen bekannt.

Sina nickt Conni und Anna zu. »Wir kennen uns ja schon. Toll, dass ihr uns helft!«

Conni antwortet mit einem Lächeln.

»Joscha!«, ruft draußen eine laute Stimme. »Bist du da?«

»Das ist Connie.« Joscha geht ans Fenster und beugt sich hinaus. »Ja, ich bin hier! Was gibt's?«

Es folgt ein kurzer Wortwechsel. Conni kann nicht verstehen, worum es geht und was Frau Mikesch sagt.

Joscha wirkt ein bisschen genervt, als er sich wieder umdreht. »Sie fragt, ob wir nicht langsam Hunger haben. Außerdem meint sie, dass wir nicht den ganzen Nachmittag in meinem Zimmer hocken sollen. Sie hat Kuchen gebacken und wartet im Garten auf uns.«

»Kuchen?«, fragt Paul. Seine Augen leuchten auf. »Wo geht's lang?«

Ein paar Minuten später sitzen sie zwischen Kirsch- und Pflaumenbäumen an einem langen Tisch. Der Tierarzt hat sich verabschiedet, aber die anderen Pensionsgäste sind da: Frau Jacobi, Claire und Pierre und die komplette Familie Bergemann. Nils, Fiona und Marie toben mit Balu durch den Garten. Frau Mikesch verteilt Limo, Kakao und Kuchen. Billi, Anna und Paul helfen ihr.

Conni flitzt schnell nach oben und holt die Dosen mit den Hafertalern. Eine stellt sie auf den Tisch, die andere drückt sie Phillip in die Hand.

»Die haben wir für euch gebacken. Kraftfutter für Fußballer und Pferderetter.«

Phillip lüftet den Deckel und grinst. »Habt ihr den Pferden etwa ihren Hafer weggenommen?«

»Natürlich nicht!«, lacht Conni.

Als endlich alle sitzen, werden sie wieder ernst. Es gibt noch so viel zu besprechen. Nur leider können sie hier – in Anwesenheit der Feriengäste und vor allem von Joschas Mutter – nicht offen reden.

Es sei denn, wir würden sie endlich einweihen, denkt Conni.

Sina hat von ihrem Chef Unterlagen bekommen, in denen es um Gerichtsurteile wegen Tierquälerei und schlechter Haltung geht. Sie lässt die Ausdrucke herumgehen.

Frau Mikesch wirft einen neugierigen Blick darauf.

»Was ist das?«, fragt sie. Sie nimmt einen der Zettel in die Hand und liest ihn leise murmelnd vor. »Tierhaltungsverbot wegen gravierender Mängel in der Haltung; Beschlagnahme wegen einer Gefahrensituation für die Tiere; Verstöße gegen das Tierschutzgesetz; Stacheldraht ist tierschutzwidrig … Ist das Material für ein neues Schulprojekt?«

Sie lässt das Papier sinken und mustert Joscha, der sich unter ihrem Blick zu ducken und zu winden scheint, kritisch.

»Nein«, druckst er. »Es ist eher privat.«

Conni, Anna, Billi und Dina gucken sich an.

Sina legt Joscha eine Hand auf den Unterarm und lächelt.

»Es ist ein Projekt«, sagt sie. »Aber nicht für die Schule und auch nicht privat. Im Gegenteil. Los, Joscha. Sag's ihr!«

Frau Mikesch lässt sich auf einen freien Stuhl fallen und seufzt. Den Zettel hält sie immer noch in der Hand.

»Was hast du wieder angestellt, Joscha? Heraus mit der Sprache!«

Joscha holt tief Luft. Er schaut in die Runde. Alle nicken ihm aufmunternd zu.

»Sag's ihr«, wiederholt Sina, immer noch lächelnd. Sie wendet sich an Connie Mikesch: »Es ist nichts Schlimmes. Das heißt, doch, eigentlich schon. Aber Joscha hat nichts Falsches getan. Wirklich nicht!«

Frau Mikesch seufzt noch einmal.

Endlich fängt Joscha an zu erzählen. Von seiner ersten Begegnung mit Xenia Struwe, der scharfen Zäumung ihres Pferdes, seinen Nachforschungen, dem Zusammenstoß der fremden Reiterin mit Conni und Anna, ihren geheimen Beobachtungen auf dem Resthof …

»Moment mal!« Frau Mikesch zieht scharf die Luft ein. »Hab ich das gerade richtig verstanden? Ihr habt euch auf den Hof von Frau Struwe geschlichen und dort heimlich Aufnahmen gemacht? Und jetzt wollt ihr sie anzeigen?«

»Nicht wir, sondern mein Chef«, stellt Sina richtig. »Er ist Rechtsanwalt.«

Joscha nickt trotzig.

Seine Pflegemutter wirft den Zettel auf den Tisch und knallt ihre Faust darauf.

Conni zuckt erschrocken zusammen. Sie greift schnell nach Phillips Hand. Er nimmt sie in seine und drückt sie fest.

»Anna, Conni, Dina und Billi sind unsere Gäste«, sagt Frau Mikesch scharf. Es ist ihr anzusehen, dass sie sich nur mühsam beherrschen kann, doch ihr wütender Blick gilt allein Joscha. »Du hast sie in Gefahr gebracht. Anna ist die Tochter einer guten Freundin. Ich darf gar nicht daran denken, was alles hätte passieren können!«

»Es ist aber nichts passiert«, knurrt Joscha zurück.

»Er hat uns nicht in Gefahr gebracht«, meldet Anna sich zu Wort.

Conni nickt energisch.

»Die Einzige, die uns in Gefahr gebracht hat, war diese Frau Struwe«, sagt sie. »Alles andere haben wir freiwillig gemacht. Wenn du mit Joscha schimpfst, musst du auch mit uns schimpfen!«

Frau Mikesch mustert die Mädchen der Reihe nach. »Eigentlich müsste ich euch nach Hause schicken«, sagt sie nach einer ganzen Weile. »Immerhin trage ich die Verantwortung für euch, solange ihr hier seid. Ich bin mir nicht sicher, ob eure Eltern begeistert sind, wenn sie erfahren, womit ihr hier eure Zeit verbringt.«

Alle am Tisch starren sie an.

»Du willst es ihnen erzählen?«, fragt Billi. »Das können wir doch auch selber machen!«

»Klar«, nickt Conni.

»Aber lieber erst, wenn wir zu Hause sind«, meint Dina.

Anna stimmt ihr zu. »Sonst holen die uns noch ab, wenn sie hören, dass wir in einem echten Krimi mitgespielt haben!«

Frau Mikesch seufzt.

»Die Mädchen haben doch überhaupt nichts damit zu tun! Sie und ihre Freunde haben mir geholfen.« Joscha springt auf. Seine Augen sprühen beinahe Funken. »Es war alles meine Idee. Wenn du unbedingt jemandem Vorwürfe machen musst, dann mir!«

»Joscha!«, sagt Frau Mikesch scharf.

Sina zieht an Joschas Ärmel. Er setzt sich wieder hin, stützt die Ellbogen auf und vergräbt sein Gesicht in den Händen.

»Ich hab nichts Falsches getan«, stößt er zwischen den Fingern hervor. »Fahr doch selbst zu dieser Frau Struwe und schau dir alles an! Viel Spaß dabei! Aber warte lieber nicht zu lange, sonst kann es sein, dass die Pferde tot sind. Und dann sag nicht, du hättest es nicht gewusst!«

Sina legt schnell einen Arm um ihn.

Im Garten ist es so leise, dass man eine Hummel summen hört. Alle Blicke sind auf Frau Mikesch gerichtet. Auch die der erschrockenen Feriengäste.

Die Kinder haben aufgehört zu spielen. Balu sitzt im Gras und rührt nicht mal seine Schwanzspitze.

Schließlich steht Frau Jacobi auf.

»Entschuldigen Sie, wenn ich mich einmische«, sagt sie und

kommt näher. »Ich wollte nicht lauschen. Aber geht es zufällig um diese schreckliche Frau vom Nachbarhof? Sie reitet einen großen Rotfuchs, trägt eine graue Kappe.«

Conni und Anna nicken gleichzeitig.

Joscha hebt seinen Kopf.

»Ich bin ihr ein paarmal am Strand begegnet«, erzählt Frau Jacobi. »Beim ersten Mal dachte ich noch, sie hätte ein Problem mit ihrem Pferd. Beim zweiten Mal habe ich gesehen, dass sie es sehr scharf gezäumt hat. Ich habe sie darauf angesprochen und eine äußerst unfeine Antwort erhalten, die ich hier gar nicht wiederholen möchte. Ihr Pferd hatte blutige Striemen. Offenbar von Gertenhieben oder von den Sporen. Vielleicht auch beides. Es machte einen extrem verstörten und verängstigten Eindruck auf mich.«

Frau Mikesch macht ein ungläubiges Gesicht. Frau Jacobi achtet nicht auf sie und spricht weiter.

»Am liebsten hätte ich diese schreckliche Frau aus dem Sattel gezerrt und zu Fuß nach Hause geschickt, aber dazu fehlte mir leider der Mut. Ich wollte Sie schon darauf ansprechen. Jetzt sind mir die jungen Leute zuvorgekommen. Bravo!«, sagt sie. »Ihr seid wirklich mutig! Wenn ihr meine Unterstützung braucht, sagt Bescheid. Ich bin jederzeit bereit, zu wiederholen, was ich gesehen habe.«

»Wow!«, entfährt es Paul.

»Cool«, murmelt Billi.

Conni und Anna strahlen sich an.

Phillip drückt Connis Hand.

Nacheinander kommen nun die anderen Feriengäste an den Tisch. Wie sich herausstellt, ist ihnen die fremde Reiterin auch

schon aufgefallen. Claire und Pierre berichten, dass sie Frau Struwe auf einem Spaziergang begegnet sind.
»Das arme Pferd«, sagt Claire. »Es hat gezittert und hatte große Angst vor einem Hindernis. Aber die Frau hat es gezwungen, immer wieder darüberzuspringen, obwohl es an dem Tag sehr heiß war und das Pferd kurz davor war, zusammenzubrechen.«
»Wir fanden es furchtbar«, ergänzt Pierre betreten. »Aber wir kennen uns mit Pferden nicht so gut aus. Wir dachten, vielleicht ist es ganz normal, ein Pferd so zu reiten.«
»Nein, das ist es nicht«, sagt Frau Mikesch fassungslos. »Kein Pferd darf so behandelt werden. Niemals!«
»Aber da muss man doch was unternehmen!«, meldet sich Herr Bergemann, der Vater von Nils, Fiona und Marie, zu Wort. Seine Frau nickt ihm zu.
»Ihr sagt, ihr habt Aufnahmen gemacht?«, fragt Frau Mikesch ihren Pflegesohn. Der nickt. »Ich würde sie mir gerne mal ansehen.«
»Klar«, sagt Joscha und steht auf. »Sie sind auf meinem Computer.«
»Wir reden später in Ruhe weiter«, sagt Frau Mikesch zu Conni und den anderen, bevor sie Joscha folgt. »Zuerst schaue ich mir mal eure Beweise an.«
»Okay«, nickt Conni. Sie hat gar nicht gemerkt, dass sie Phillips Hand immer noch festhält. Er streicht ihr leicht über den Knöchel.
»Alles klar bei dir?«, fragt er.
»Ja«, sagt Conni. »Ich glaub schon.«
Phillip lächelt. »Mach dir keine Sorgen. Alles wird gut.«
Conni würde ihm gerne glauben.

Frau Mikesch und Joscha bleiben lange im Haus. Sina verteilt in der Zwischenzeit den Kuchen.
»Wenn wir ihn nicht aufessen, schnappen die Wespen sich die besten Stücke.« Sie lacht, aber es klingt nicht besonders fröhlich.
Irgendwann schaut Phillip auf seine Uhr. »In einer halben Stunde fährt unser Bus.«
»Was? Schon?«, fragt Conni erschrocken. »Ich dachte, ihr müsst erst heute Abend wieder im Camp sein?«
»Stimmt auch. Nur leider fährt dann kein Bus mehr«, antwortet Phillip. »Der nächste ist der letzte, der in unsere Richtung fährt.«
»Schade«, sagt Frau Jacobi. Sie hat zwei Stück Kuchen verputzt und zwinkert den Jungs zu. »Ich habe gerade angefangen, mich an eure Gesellschaft zu gewöhnen.«
Claire und Pierre füttern sich gegenseitig mit Hafertalern. Anna und Mark flüstern leise miteinander. Paul und Tim spielen mit den Bergemann-Kindern Fußball. Balu ist der Schiedsrichter und schnappt sich den Ball, sooft er kann.
Conni lehnt ihren Kopf an Phillips Schulter und schließt die Augen. Die Rosen duften nach Sommer. Über ihr wiegen sich die Bäume im Wind. Die Blätter rauschen. Am liebsten würde sie für immer so sitzen bleiben.
Leider drängt Phillip kurz darauf zum Aufbruch. »Wenn wir den Bus verpassen, müssen wir zu Fuß gehen.«
»Dann sind wir wahrscheinlich erst gegen Mitternacht im Camp«, ächzt Mark. »Das gibt Ärger!«
»Lieber nicht«, meint Paul.
»Schade, dass wir euch nicht mit der Kutsche zurückbringen können«, sagt Conni.

»Oh, das wäre ja so romantisch!«, flötet Anna.
Alle lachen.
Die Jungs verabschieden sich. Frau Mikesch und Joscha sind noch nicht wiederaufgetaucht. Sina verspricht, sie von den Jungs zu grüßen.

Auf dem Weg zur Bushaltestelle spazieren sie an der Pferdekoppel vorbei. Conni zeigt Phillip Hummel, Karlsson, Fidelio und all die anderen Pferde.
»Hier ist es echt schön«, sagt er. »Total friedlich. Ein richtiges Pferdeparadies.«
Conni nickt. Ihre Gedanken wandern zu dem Hof von Frau Struwe. »Leider haben's nicht alle Pferde so gut«, sagt sie traurig.
Phillip gibt ihr einen Stups. »Irgendwann schon. Es muss nur mehr solche Aktionen geben.«
»Du hast Recht«, sagt Conni. Sie verspricht ihm, ihn sofort anzurufen, sobald es Neuigkeiten gibt.
Kurz nachdem sie an der Haltestelle angelangt sind, kommt auch schon der Bus. Es bleibt keine Zeit mehr für einen tränenreichen Abschied. Conni ist darüber ganz froh.
»Wir sehen uns nächste Woche in der Schule!«, ruft sie. Sie spürt noch den Kuss auf der Wange, den Phillip ihr gegeben hat.
Er winkt durch das Fenster und lacht.
Anna wirft Mark einen Luftkuss zu. Er tut so, als würde er ihn einfangen und in seine Tasche stecken.
Billi reicht noch schnell eine Keksdose in den Bus. Der Fahrer wollte gerade die Türen schließen.

»Möchten Sie vielleicht einen Keks?«, fragt Billi und hält ihm die Dose unter die Nase. Er schüttelt den Kopf.
Paul nimmt die Kekse grinsend entgegen.
Dann schließen sich die Türen mit einem lauten Zischen und der Bus fährt los. Conni und ihre Freundinnen winken, bis sie ihn nicht mehr sehen können. Schließlich drehen sie sich um und schlendern langsam zurück.
»Was für ein aufregender Tag!«, seufzt Conni.
»Das kannst du laut sagen«, nickt Billi.
»Ich bin froh, wenn nächste Woche wieder Schule ist«, meint Anna. »Detektiv spielen ist ganz schön anstrengend.«
Dina nickt.
»Trotzdem war das, was wir gemacht haben, goldrichtig«, stellt Conni fest. »Oder bereut ihr es etwa?«
»Nein!«, rufen die anderen im Chor.

Kaum sind sie zurück auf dem Reiterhof, verschwindet Conni schnell in ihrem gemütlichen Dachzimmer und ruft zu Hause an. Anna und Billi sind noch einmal zu den Pferden gegangen. Dina will versuchen, den blühenden Garten zu zeichnen.
Conni ist froh, allein zu sein. Sie weiß nicht warum, aber sie hat ganz plötzlich das Bedürfnis, die Stimmen ihrer Eltern zu hören. Und Jakobs auch.
Vielleicht kommt das von der ganzen Aufregung, überlegt sie, als sie die vertraute Kurzwahlnummer eintippt.
Ihre Mutter meldet sich nach dem zweiten Klingelton.
»Hallo, Conni! Wir haben gerade von dir gesprochen. Geht's dir gut? Und den anderen? Wie ist das Wetter bei euch? Reitet ihr viel?«

Conni muss grinsen. Das sind genau die Fragen, die sie von ihrer Mutter erwartet hat. Vielleicht noch: »Ziehst du auch immer frische Sachen an?«, »Isst du genug?«, und: »Denk daran, dich immer gut einzucremen, wenn du in die Sonne gehst!«
Sie beantwortet die Fragen geduldig und versichert, dass es allen gut geht. »Ich freu mich schon auf zu Hause«, sagt sie schließlich. »Holt ihr mich vom Bahnhof ab?«
»Natürlich«, sagt Mama. »Wir freuen uns auch schon auf dich. Es ist doch alles in Ordnung?«
»Ja, klar!«, sagt Conni schnell.
Wieso fragt Mama das? Hat sie vielleicht irgendetwas gesagt, was den mütterlichen Radar in Alarm versetzt haben könnte? Nö, eigentlich nicht. Aber Mama hat so einen speziellen Sensor. Der springt schon auf die leisesten Untertöne an.
»Mir geht's gut«, sagt sie noch einmal. »Es ist echt toll hier. Ich hab ganz viele Fotos gemacht, damit ihr es euch selber angucken könnt.«
Außerdem haben wir eine Tierquälerin ausspioniert und genügend Beweise gesammelt, damit sie angezeigt werden kann, fügt sie in Gedanken hinzu. Wenn Mama und Papa das wüssten, würden sie sie garantiert sofort abholen! Es genügt, wenn sie es ihnen nach ihrer Rückkehr erzählt.
Wenn ich zurück bin, denkt Conni, und die Pferde in Sicherheit sind.
»Prima«, sagt Mama und reicht das Telefon weiter.
Conni wechselt noch ein paar Worte mit Papa und Jakob.
Jakob versucht, Mau dazu zu bewegen, in den Hörer zu maunzen, aber das Einzige, was Conni hören kann, ist sein leises Schnurren.

»Hier gibt es auch eine Katze«, erzählt Conni ihrem Tigerkater. »Sie heißt Frau Minze und würde dir bestimmt gefallen. Ich werde sie mal von dir grüßen.«
Mau hört gar nicht mehr auf zu schnurren.
Conni verabschiedet sich von ihrer Familie und beendet das Gespräch. Anschließend schaut sie nachdenklich aus dem Fenster. Kann es sein, dass sie ein bisschen Heimweh hat? Nur ein ganz kleines bisschen? Oder warum muss sie sonst plötzlich so doll schlucken?
Um sich von dem merkwürdigen Gefühl abzulenken, das sich irgendwo zwischen Herz und Magen einnisten will, schnappt sie sich ihr Tagebuch und schreibt alles auf, was passiert ist.
Es ist so viel, dass sie fast einen Krampf in den Fingern bekommt. Der Stift fliegt nur so über die Seiten.

Ich bin so froh, dass Phillip heute dabei war! Und die anderen Jungs auch. Ich weiß echt nicht, ob wir uns ohne Phillip, Paul, Jim und Mark getraut hätten, die Aktion durchzuziehen. Jetzt bin ich happy, dass wir's gemacht haben. Hoffentlich kann den armen Pferden schnell geholfen werden!
Frau Mikesch hat gesagt, dass kein Pferd so schlecht behandelt werden darf.
Ich finde, sie hat a b s o l u t Recht.

Sie klappt das Tagebuch zu und schiebt es wieder in sein Versteck unter das Kopfkissen. Der blöde Heimwehkloß hat sich aufgelöst. Gut so!
Plötzlich muss Conni an Phillip denken. Ihr wird ganz warm ums Herz. Wie lautet sein absoluter Lieblingsspruch noch mal, den er in jeder noch so ausweglos scheinenden Situation vor sich hin murmelt? So, wie vorhin?
»Alles wird gut«, sagt Conni leise und lächelt. Hoffentlich funktioniert der Zauberspruch auch bei Pferden in Not.

»Ich möchte mich bei euch bedanken«, sagt Frau Mikesch am nächsten Morgen. Sie sieht müde aus, stellen die Mädchen fest, aber ihre Miene ist ausgesprochen freundlich.

Conni, Anna, Billi und Dina sitzen beim Frühstück und verputzen Marmeladenbrötchen und Schokomüsli mit frischer Milch. Gestern Abend haben sie weder Joscha noch Frau Mikesch noch einmal gesehen. Irgendwann haben sie sich von Sina und den Feriengästen verabschiedet und sind in ihrem Dachzimmer verschwunden, wo sie gleich in die Betten gefallen sind. Von den aufregenden Ereignissen des Tages waren sie so erschöpft, dass sie fast auf der Stelle eingeschlafen sind. Erst als die Morgensonne hell und warm in ihr Zimmer geschienen hat, sind sie aufgewacht. Jetzt ist ein neuer Tag. Sie können kaum erwarten, was er für sie bereithält.

Hoffentlich nur etwas Gutes, denkt Conni. Ihr Bedarf an spannender Detektivarbeit und anderen Aufregungen ist erst einmal gedeckt.

Connie Mikesch nimmt sich einen Stuhl und setzt sich zu ihnen an den Tisch. Auch die anderen Gäste rücken näher heran. Alle wollen wissen, ob es vielleicht Neuigkeiten gibt, und vor allem, wie es mit den Pferden weitergehen wird.

»Nachdem ich mir eure Bilder und Videos angeschaut habe, konnte ich die halbe Nacht nicht schlafen«, gesteht Frau Mikesch. »Ich hätte es niemals für möglich gehalten, dass in unserer unmittelbaren Nachbarschaft so etwas Schlimmes passiert! Ich wünschte nur, Joscha hätte mich früher ins Vertrauen gezogen. Aber er wollte mich nicht beunruhigen. Ich habe gerade mit Sinas Chef gesprochen. Er hat schon beim Ordnungsamt angerufen. Ein Amtstierarzt wird den Hof und die Haltungsbedingungen heute überprüfen und die Pferde möglicherweise sofort beschlagnahmen.«

»Was heißt denn möglicherweise?«, fragt Billi stirnrunzelnd.

»Das bedeutet, dass der Tierarzt sich zuerst mal einen eigenen Eindruck vom Zustand der Pferde und der Ställe verschaffen muss. Frau Struwe wurde verboten, Tiere zu halten. Das hat damals ein Gericht festgelegt. Die Kontrolle heute ist wohl nur eine Formsache. Das hat der Anwalt jedenfalls so gesagt. Das Haltungsverbot ist ja nie aufgehoben worden und deshalb immer noch gültig. Es ist also klar, dass Frau Struwe mit einer Anzeige rechnen muss. Es kommen auch Leute vom Tierschutzbund, die sich um die Pferde kümmern und sie so schnell wie möglich an einen sicheren Ort bringen.«

Conni, Anna, Billi und Dina halten die Luft an.

»Heißt das, dass die Tiere gerettet sind?«, fragt Frau Jacobi.

Frau Mikesch nickt. »Es sieht so aus.«

In dem kleinen Frühstücksraum bricht Jubel aus. Conni und ihre Freundinnen klatschen sich ab. Frau Mikesch, Frau Jacobi, Claire und Pierre, die Familie Bergemann – alle strahlen vor Glück und Erleichterung.

»Gibt's was zu feiern?«, fragt eine knurrige Stimme. Joscha

steht in der Tür. Sein Haarschopf steht kreuz und quer vom Kopf ab, was ihm ein wildes Aussehen verleiht. Er kratzt sich am Kinn und gähnt.
»Die Pferde werden beschlagnahmt!«, ruft Billi. »Wir haben es geschafft!«
Aus Joschas Gähnen wird ein Grinsen, das so breit ist, dass es von einem Ohrläppchen zum anderen reicht.
»Yeah!«, ruft er und ballt eine Faust. »Ich hab's gewusst!«
»Aber was wird danach aus den Pferden?«, fragt Anna, als alle sich beruhigt und wieder hingesetzt haben.
»Können wir sie nicht hierherholen?«, fragt Conni. »Hier hätten sie es doch so gut!«
Frau Mikesch lacht. »Ja, das hätten sie bestimmt. Aber leider sind wir komplett voll. Ich habe keinen Platz, um noch mehr Tiere unterzubringen.«
»Och, schade«, murmelt Billi enttäuscht.
Conni stimmt ihr zu. Es wäre zu schön gewesen, wenn die Pferde auf Pappelslott ein neues Zuhause gefunden hätten.
»Aber ich habe herumtelefoniert und einen tollen Gnadenhof in der Nähe ausfindig gemacht«, fährt Frau Mikesch fort. »Da gibt es schon andere beschlagnahmte Pferde. Außerdem Kühe, Schweine und Ziegen, die vor dem Schlachter gerettet wurden, Hühner, Gänse, Katzen und Hunde. Der Hof gehört einem Verein, den eine Gruppe Tierfreunde gegründet hat. Alles wird durch Spenden und Patenschaften finanziert.«
»Patenschaften?«, fragt Anna.
»Tierfreunde übernehmen Patenschaften für ein bestimmtes Tier und überweisen regelmäßig einen kleinen oder größeren Geldbetrag für das Futter, die Unterbringung und den Tier-

arzt«, weiß Frau Jacobi. »Ich habe seit Jahren eine Patenschaft für eine ausrangierte Milchkuh.«

Alle lachen. Joscha grinst.

»Vielleicht können wir jeden Monat einen Teil von unserem Taschengeld zusammenlegen und auch so eine Patenschaft übernehmen!« Billis Wangen glänzen vor Aufregung wie zwei Weihnachtsäpfel.

»Au ja!«, sagt Conni. »Wir werden Patentanten!«

»Eins nach dem anderen«, dämpft Frau Mikesch ihre Begeisterung. »Lasst euch zuerst die Unterlagen schicken und schaut euch die Homepages der verschiedenen Tierschutzhöfe an. Ihr müsst auch mit euren Eltern darüber sprechen, ob sie überhaupt einverstanden sind, dass ihr so eine Patenschaft übernehmt.«

»Die haben bestimmt nichts dagegen«, ist Conni sich sicher.

»Nö, die sind genauso tierlieb wie wir!«, stimmt Billi ihr zu.

»Meine Mutter würde sich garantiert freuen, wenn ich mein Taschengeld für ein Patenpferd ausgeben würde anstatt für Süßigkeiten und Lipgloss«, sagt Anna trocken.

Die Freundinnen kichern.

»Wir machen das«, sagt Conni und hält ihre Hand hin. »Wir überzeugen unsere Eltern und werden Tierpaten.«

Die anderen klatschen sie ab.

Joscha hebt einen Daumen und brummt: »Respekt!«

Frau Mikesch lacht. »Wollt ihr heute eigentlich gar nicht reiten? Im Moment können wir sowieso nur abwarten und Tee trinken. Herr Carstensen, der Anwalt, hat mir versprochen, sich sofort bei mir zu melden, sobald er etwas Neues erfährt.«

»Reiten?«, fragt Conni und springt auf. »Na klar!«

»Deshalb sind wir doch schließlich hier, oder?«, fügt Anna hinzu.
Sie beenden das Frühstück und rufen schnell die Jungs an, um ihnen die gute Nachricht gleich mitzuteilen. Phillip, Paul, Mark und Tim stecken mitten im Training und haben nur wenig Zeit, aber sie freuen sich riesig und jubeln so laut am Telefon, als hätten sie einen wichtigen Elfmeter verwandelt.

***

Zehn Minuten später sind Karlsson und Suleika eingefangen. Die Freundinnen haben den Pferden Halfter angelegt und sie zum Sattelplatz geführt. Joscha hat ihnen dabei geholfen. Mit ihm war es ganz einfach und lief ohne wilde Verfolgungsjagd ab.
»Bestimmt kann man eine Menge von ihm lernen«, raunt Anna Conni zu.
»Er sollte Reitlehrer werden«, nickt Conni. »Oder Pferdetrainer.«
Joscha hat ihren letzten Satz gehört und schmunzelt. »Genau das hab ich vor. Ich muss nur noch mit der Schule fertig werden, dann mach ich eine Ausbildung zum Pferdewirt.«
»Ist ja cool!«, sagt Billi. »Was lernt man da alles?«
Joscha erklärt es ihr. Auch die unterschiedlichen Fachrichtungen des Berufes. »Klassische Reitausbildung, Pferdehaltung und Service, Pferdezucht und Spezialreitweisen«, zählt er auf.
»Service und Spezialreitweisen?«, fragt Anna. »Das hab ich ja noch nie gehört!«
»Den Service-Schwerpunkt braucht man, wenn man später in einem Pensionsstall arbeiten will und viel mit Kunden zu

tun hat«, erklärt Joscha. »Zu den Spezialreitweisen gehört zum Beispiel das Westernreiten.«

»Und was willst du davon später mal machen?«, fragt Conni neugierig.

»Pferdezucht«, antwortet Joscha, ohne zu zögern. »Ich möchte irgendwann ein eigenes Gestüt aufbauen. Hier auf Pappelslott.«

»Das klingt toll«, meint Dina.

Joscha nickt.

»Und dann züchtest du ganz viele kleine Schecken und übst tolle Tricks mit ihnen ein.« Anna kichert.

»So ähnlich«, grient Joscha.

Conni staunt, wie umgänglich er mit einem Mal ist. Man kann sogar Späße mit ihm machen. Unglaublich!

Sie nimmt einen Striegel und eine Kardätsche aus der Putzkiste, die Billi angeschleppt hat, und fährt Suleika damit übers Fell. Anna und sie haben beschlossen, Billi und Dina eine Privatreitstunde zu geben. Das macht bestimmt Spaß.

Joscha schiebt den Hufkratzer, mit dem er Karlssons Hufe sauber gemacht hat, in seine Jeanstasche.

»Ich fahr mal kurz rüber zum Resthof«, sagt er. »Mal sehen, ob's was Neues gibt. Aber sagt ja nichts zu meiner Mutter!«

»Unsere Lippen sind versiegelt«, verspricht Anna und macht eine Geste, als würde sie ihren Mund mit einem Reißverschluss zuziehen.

»Wir verraten nichts«, versichert Conni.

Billi und Dina nicken feierlich.

Am liebsten würde ich mitfahren, denkt Conni, und sehen, wie es den Pferden geht.

Joscha tippt sich zum Gruß mit zwei Fingern an die Schläfe

und dreht sich um. Kurz darauf hören die Mädchen sein Moped anspringen und vom Hof knattern.

»Ob Frau Struwe verhaftet wird?«, fragt Anna, als das Geräusch der Maschine langsam leiser wird. »So richtig mit Polizei und Handschellen und so?«

»Keine Ahnung«, erwidert Conni. »Aber möglich wär's. Immerhin ist sie vorbestraft.«

»Vielleicht passiert so was aber auch nur in Fernsehkrimis«, meint Billi. Sie schüttelt sich bei der Vorstellung.

»Verdient hätte sie es«, sagt Dina. Sie streichelt Suleikas Nase. Die Stute knabbert schüchtern an ihrem Ärmel.

»Stimmt«, sagt Conni. »Aber ob mit Handschellen oder ohne, sie wird ihre Strafe bekommen. Da bin ich mir ganz sicher.«

Dina und Billi nicken.

»Etwas anderes kommt gar nicht in die Tüte«, sagt Anna energisch.

Conni stimmt ihr zu. »Aber jetzt wird geritten. Auf geht's! Eine holt die Zaumzeuge, eine die Sättel. Eure Reitlehrerinnen warten auf dem Reitplatz auf euch!«

***

»Mann, seid ihr streng!«, stöhnt Billi eine Dreiviertelstunde später.

»Ich spüre meinen Hintern nicht mehr!«, jammert Dina.

Conni und Anna lachen. Sie stehen in der Mitte des Reitplatzes und üben mit Billi und Dina die verschiedenen Hufschlagfiguren. Auf dem Zirkel reiten, durch die ganze und die halbe Bahn wechseln, aus der Ecke kehrt, auf der Mittellinie gehen …

»Das nennt man Crash-Kurs«, sagt Anna ungerührt.
»Genau«, nickt Conni. »Rücken gerade, Blick geradeaus. Und nimm die Hacken runter, Dina!«
»Hey, Billi, du trabst auf dem falschen Fuß!«, ruft Anna.
Billi verdreht die Augen. Sie schwitzt unter ihrem Reithelm. Karlsson trabt wie eine kleine Nähmaschine vorwärts. Billi korrigiert ihren Leichttrab.
»Besser so?«, fragt sie.
»Viel besser!«, lobt Anna.
»Volte marsch!«, ruft Conni.
Karlsson und Suleika traben einen kleinen Kreis und kehren auf den Hufschlag zurück. Dina klopft Suleikas Hals und lobt sie. Die hübsche Schimmelstute spitzt die Ohren und prustet.
»Ich glaub, das reicht für heute«, sagt Anna nach einem Blick auf die große Uhr am Torhaus. »Scheeritt und Zügel aus der Hand kauen lassen. Lasst die Pferde noch ein paar Runden bummeln. Dann in die Mitte der Bahn und absitzen!«
»Wie soll ich mir denn die Zügel aus der Hand kauen lassen?« Billi kichert und zieht die Füße aus den Steigbügeln.
»Karlsson weiß bestimmt, was gemeint ist«, erwidert Conni.
Kaum ist Karlsson aus dem Trab in den Schritt gefallen, lässt Billi ihm die Zügel etwas lockerer. Der Haflinger streckt sich dankbar und macht seinen Hals lang. Dabei kaut er auf seinem Trensengebiss.
Billi lacht. »Ich glaub, ich hab's kapiert!«
Nach einigen langsamen Runden reiten Dina und Billi in die Mitte und halten schließlich an.
Conni und Anna helfen ihnen beim Absitzen. Anschließend schieben sie die Steigbügel hoch, lockern Sattelgurt, Kinn-

und Kehlriemen und führen Suleika und Karlsson aus dem Viereck. Alles läuft ganz ruhig ab. Conni und Anna, die beiden Reitlehrerinnen, sind sehr zufrieden.

»Ich darf gar nicht daran denken, dass wir schon bald wieder nach Hause müssen!« Auf dem Sattelplatz nimmt Dina Suleika den Sattel ab und wirft ihn über einen Sattelbock. Danach reibt sie die verschwitzte Sattellage der Stute mit Stroh trocken.

Billi befreit Karlsson von seinem Zaumzeug und legt ihm ein leichtes Halfter an. Sie klinkt einen Strick ein und befestigt ihn an der Anbindestange. Karlsson reibt seinen Kopf an ihrer Schulter und wirft sie fast um.

»Ich auch nicht«, murmelt sie traurig. »Am liebsten würde ich hierbleiben. Oder die Pferde mitnehmen. Oder nee, den ganzen Hof. Es ist so schön hier!«

Anna macht ein betrübtes Gesicht.

Conni seufzt. Billi hat absolut Recht. Man müsste einfach hierbleiben. Oder den Reiterhof einpacken und mitsamt seinen Bewohnern mit nach Hause nehmen. Aber weder das eine noch das andere lässt sich realisieren. Leider.

»Vielleicht dürfen wir ja irgendwann noch mal wiederkommen«, sagt sie.

»Das wär echt klasse«, stimmt Anna ihr zu. »Aber dann länger als nur für ein paar Tage. Am besten die ganzen Sommerferien. Sechs Wochen lang nur reiten, Pferde, Meer und Strand. Stellt euch das mal vor!«

»Klingt cool«, sagt Conni und seufzt gleich noch einmal.

Als auf dem Hofpflaster Schritte ertönen, dreht sie sich um.

»Hallo!«, ruft Frau Mikesch. »Ist alles gut gelaufen?«

»Alles paletti«, bestätigt Anna. »Es besteht Hoffnung, dass aus Billi und Dina noch richtige Reiterinnen werden. In hundert Jahren oder so.«
Dina wirft ihr ein Büschel Stroh an den Kopf.
Frau Mikesch lächelt. »Morgen ist tatsächlich schon euer vorletzter Tag. Schade, ich würde euch gerne noch ein bisschen länger hierbehalten.«
»Von uns aus sofort«, sagt Conni. »Aber ich glaub, unsere Eltern hätten was dagegen. Und die Schule auch, leider.«
Frau Mikesch fährt Karlsson mit einer Hand über die Kruppe und gibt ihm einen leichten Klaps.
»Sagt mal, würdet ihr mir einen Gefallen tun?«, wechselt sie das Thema.
»Na klar!«, sagt Billi sofort.
»Morgen findet in unserer Stadthalle eine Tourismusbörse statt«, erzählt Connie Mikesch. »Ich bin mit einem Stand vertreten, zusammen mit einigen anderen Anbietern aus der Region. Pensionen, Gasthäuser, Hotels, Ponyhöfe ... Wir wollen ein gemeinsames Gastgeberverzeichnis herausbringen, um die Gegend hier etwas bekannter zu machen und um Feriengäste anzulocken.«
»Toll«, meint Anna. »Dann bekommt der Pappelslott-Hof bestimmt bald eine eigene Homepage!«
»Joscha arbeitet schon daran«, antwortet Frau Mikesch. »Aber weshalb ich euch das alles erzähle ... Würdet ihr vielleicht noch ein paar von diesen köstlichen Haferkeksen backen? Ich könnte sie an meinem Stand verteilen, zusammen mit den Flyern, die ich entworfen habe. Bestimmt kommt das bei den Messebesuchern gut an, so als kleine Aufmerksamkeit.«

»Das ist ja eine super Idee!«, ruft Billi.
Auch Conni ist sofort begeistert.
»Klar machen wir das«, sagt sie. »Wir können die Kekse und die Flyer auch verteilen. Dann musst du dich nicht darum kümmern und kannst dich voll auf den Stand konzentrieren. Bestimmt musst du da ziemlich viele wichtige Gespräche führen.«
Dina nickt eifrig. »Wir können auch Kaffee kochen.«
»Und Limo ausschenken«, schließt Anna sich an.
Die Freundinnen sind Feuer und Flamme.
»Cool, wir werden richtige Messehostessen«, kichert Billi. »So nennt man die doch, oder?«
Frau Mikesch lacht. »Ja, stimmt. Aber das kann ich nicht annehmen. Schließlich ist morgen euer letzter Ferientag, bevor ihr wieder abreist. Ihr wollt doch bestimmt noch mal ausschlafen und reiten. Vielleicht an den Strand oder zum Leuchtturm. Aber bestimmt nicht den ganzen Tag in einer überfüllten Halle herumstehen und Kekse verteilen.«
»Das machen wir gerne«, versichert Conni.
»Ja, klar!« Dina und Anna nicken.
»Wir müssen auch nicht den ganzen Tag stehen«, meint Billi grinsend, »wir können ja auch herumlaufen.«
»Das ist unser Dankeschön von uns für dich«, sagt Conni. »Dafür, dass wir hier so eine tolle Zeit verbringen durften.«
»Das ist wirklich lieb von euch.« Frau Mikesch gibt Karlsson noch einen Klaps. »Dann machen wir das so. Wenn ihr wirklich darauf besteht, kommt ihr morgen mit in die Stadthalle. Aber nur, solange ihr wollt. Ihr dürft jederzeit verschwinden. Das ist meine Bedingung. Okay?«

»Okay«, nickt Conni.
»Klingt fair«, sagt Billi, immer noch grinsend.
»Wie viele Kekse sollen wir backen?«, fragt Anna.
»So viele ihr wollt. Frau Horst hat die Vorräte aufgefüllt«, antwortet Frau Mikesch lachend. »Die Küche steht zu eurer Verfügung.«

Eine halbe Stunde später versinken Conni, Billi, Anna und Dina in einer Wolke aus Mehl und Haferflocken. Die ersten beiden Bleche sind schon im Backofen. Gerade kneten sie den Teig für die zweite Ladung. Dina hat das Rezept fein säuberlich aufgeschrieben und den Zettel für alle gut sichtbar an den Vorratsschrank gepinnt.

Dinas
SCHWEDISCHE
HAFERTALER

90 g Weizenvollkornmehl
1 TL Backpulver
120 g kernige Haferflocken
130 g Zucker, 1 Päckchen Vanillezucker
1 Ei, 1 Prise Salz
einige Tropfen Bittermandelaroma
100 ml Speiseöl

Mehl und Backpulver in einer Schüssel mischen. Nacheinander alle Zutaten zugeben und zu einem glatten Teig verkneten. In Folie gewickelt einige Zeit ruhen lassen. Dann aus dem Teig mit zwei Teelöffeln kirschgroße Häufchen abstechen. Auf ein mit Backpapier belegtes Backblech geben. Im vorgeheizten Backofen bei 170 Grad (Umluft 150 Grad / Gasherd Stufe 2-3) ca. 15 Minuten backen. Auskühlen lassen.
In einer Dose aufbewahrt, bleiben die Taler schön knusprig.

»Den letzten Satz hättest du dir ruhig sparen können«, zieht Billi Dina auf. »Solche leckeren Kekse muss man nicht aufbewahren. Die werden uns morgen unter Garantie aus den Händen gerissen. Wetten?«
»Wie viele Bleche wollen wir eigentlich backen?« Conni wischt sich eine Haarsträhne aus dem Gesicht und hinterlässt einen Mehlabdruck auf ihrer Stirn.
Anna grinst. »Keine Ahnung. Wie viele Haferflocken haben wir denn noch?«
Dina wirft einen Blick in den Vorratsschrank. »Hier sind noch ein paar Tüten. Zucker, Mehl und Eier auch. Alles da.«
»Weitermachen! Wir hören erst auf, wenn sich die letzte Haferflocke in einen Keks verwandelt hat.« Anna wirbelt so

wild durch die Küche, dass sie gar nicht merkt, dass Joscha in der Tür steht. Erst als er sich laut räuspert, bleibt sie stehen.

»Huch!«, entfährt es ihr.

Conni unterdrückt ein Prusten.

Joscha schmunzelt. »Was ist denn hier los?«

»Wir backen für die Tourismusbörse«, erklärt Billi ihm.

Conni wischt sich die Hände am Hosenboden ab und trinkt einen Schluck Limo.

»Gibt's was Neues? Warst du auf dem Hof?«

Joscha geht durch die Küche und setzt sich verkehrt herum auf einen Stuhl.

»Oh ja«, sagt er geheimnisvoll.

»Erzähl!«, sagt Billi. Sie hält einen Teigklumpen in der Hand.

Joscha lässt sich Zeit.

»Die liebe Xenia hat sich geweigert, den Amtstierarzt auf den Hof und in die Ställe zu lassen«, berichtet er schließlich. »Sie hat ihn sogar bedroht.«

»Wie bitte?« Conni kann es kaum glauben.

Joscha nickt.

»Der Tierarzt musste die Polizei zur Verstärkung holen. Sina hat von ihrem Chef gehört, dass anscheinend wohl auch Fluchtgefahr bestand. Xenias Exmann lebt seit ein paar Jahren im Ausland. Gut möglich, dass sie sich dorthin absetzen wollte.«

»Boah!«, macht Billi. »Das wird ja immer krasser!«

»Und dann?«, fragt Anna aufgeregt.

»Frau Struwe wurde wegen Störung der Amtshandlung festgenommen.« Joscha kann sich ein triumphierendes Grinsen nicht länger verkneifen. »Sie wurde in den Streifenwagen gesetzt und abtransportiert. Danach haben der Amtstierarzt und eine Frau vom Tierschutzverein die Pferde aus dem Stall geholt und dabei nicht nur verschiedene Verletzungen festgestellt, sondern auch noch einige andere interessante Dinge entdeckt. Verbotene Medikamente zum Beispiel, die Dunkelbox, scharfe Gebisse und Ketten, Elektroschocker. All das Zeug. Ich durfte leider nicht dabei sein, aber ich hatte ein gutes Versteck, von dem aus ich alles perfekt im Blick hatte.«

Conni hält die Luft an.

»Damit ist doch alles klar, oder?«, fragt sie vorsichtig. »Reicht das nicht, um Frau Struwe anzuzeigen?«

»Es reicht sogar für mehr als eine Anzeige«, erwidert Joscha strahlend.

»Puh«, macht Billi. »Ich hoffe, dass die nicht nur nie wieder Tiere halten darf, sondern dass sie nie wieder reiten darf! So eine darf doch nie wieder auf einem Pferd sitzen!«

»Leider finden solche Typen immer wieder irgendein Schlupfloch«, sagt Joscha. »Aber erst mal ist sie aus dem Verkehr gezogen. Sie wird ihre Strafe bekommen. Das steht fest.«

»Und was ist mit den Pferden?«, will Anna wissen.

»Die sind schon auf dem Weg zum Tierschutzhof.« Joscha lächelt. »Die ganze Situation war so eindeutig, dass der Amtstierarzt die sofortige Beschlagnahme angeordnet hat. Frau Struwe wird sie nicht zurückbekommen. Was mit ihr selber passiert, wird ein Gericht entscheiden. Auf jeden Fall wird sie angezeigt und kommt ganz sicher nicht ohne Strafe davon.«

Conni, Anna, Billi und Dina jubeln laut.

»Das ist echt die beste Nachricht des Tages!«, freut sich Conni.

Joscha verschränkt die Hände hinter dem Nacken. »Sagt mal,

Mädels, kann es sein, dass eure Kekse gerade anbrennen? Irgendwas riecht hier gar nicht gut!«
»Hilfe!«, ruft Dina und springt zum Herd. »Unsere schönen Hafertaler!«
Anna wirft ihr zwei Ofenhandschuhe hin.
Conni und Billi lachen.
»Die schmecken bestimmt auch noch lecker, wenn sie ein bisschen verkohlt sind«, meint Billi.
Conni stimmt ihr zu. »Die Hauptsache ist, dass es den Pferden gut geht. Alles andere ist halb so wichtig.«
»Das Verbrannte kratzen wir einfach ab«, sagt Anna.
Dina zieht ein heißes Backblech nach dem anderen aus dem Ofen und stellt sie zum Abkühlen auf den Tisch.
»Die sehen doch klasse aus!«, stellt Billi fest.
»Finde ich auch«, nickt Conni. »Sie haben nur ein kleines bisschen mehr Farbe als ihre Vorgänger.«
»Wir sagen einfach, das gehört so. Das merkt kein Mensch«, grinst Anna.
Dina atmet auf. »Puh, gerettet!«
»Zuerst die Pferde, jetzt die Kekse …«, Joscha verzieht anerkennend die Mundwinkel. »Ihr seid echt spitze!«

***

Natürlich hält Conni die Backaktion am Ende des Tages in ihrem Tagebuch fest. Sie hat es sich auf der breiten Fensterbank in ihrem Dachzimmer gemütlich gemacht. Draußen senkt sich die Abenddämmerung langsam über das Land. Der Leuchtturm blinkt. Über den Wiesen liegt ein leichter Dunstschleier. Es ist urgemütlich.

Anna und Billi hocken auf dem Flickenteppich in der Mitte des Zimmers und spielen ein Kartenspiel. Dina sitzt im Schneidersitz auf dem Bett und zeichnet in ihrem Skizzenbuch. Sie hat den Freundinnen verraten, dass sie an einem neuen Pferdecomic arbeitet. Alles, was sie in den letzten Tagen erlebt haben, soll darin vorkommen. Von der ersten Kutschfahrt mit Fidelio über die Begegnung mit der fremden Reiterin und die Rettung der Pferde bis hin zu den fast verbrannten Hafertalern. Toll, was Dina alles kann, denkt Conni und fängt an zu schreiben.

Wenn der Comic fertig ist, sollte sie ihn unbedingt an einen Verlag schicken. Die Geschichte, die wir erlebt haben, ist so unglaublich spannend! Vielleicht wird ja ein Buch daraus? Ein PFERDE-KRIMI-MANGA. DAS wär's doch!
Ich wär die Allererste, die das Buch kauft. Und dann lass ich mir von Dina eine Widmung hineinschreiben.

☺ Cool ☺! ☺!

Conni lässt den Stift sinken. Ihr Handy meldet sich mit einem leisen Vibrieren. Eine SMS von Phillip.

Hi! Was machst Du gerade?

Conni gibt lächelnd ihre Antwort ein:

Mit Dir simsen. Und Du?

Die Antwort ist ein Smiley und eine Frage:

☺ Was machst Du morgen?

Conni schreibt von der Tourismusbörse in der Stadthalle und dass sie Frau Mikesch am Stand helfen wollen. Phillip antwortet sofort:

Klingt cool! Viel Spaß!
Lg P.

Danke!!
Lg C.

Sie wartet, ob noch eine Antwort kommt, aber das Handy bleibt stumm. Sie will es gerade auf ihren Nachttisch legen, als es sich doch noch einmal meldet.

Schlaf schön!
P. <3

Wie süß ist das denn! Conni seufzt gerührt.
»Scheint ja was echt Nettes zu sein«, giggelt Billi.
»Bestimmt eine romantische Liebeserklärung«, kichert Anna.
Dina schaut von ihrem Skizzenbuch auf und grinst.
»Wie? Was?« Conni macht ein verwirrtes Gesicht. Als sie in die Gesichter ihrer drei besten Freundinnen guckt, muss sie lachen.
»Oh ja!«, erwidert sie strahlend. »Es ist nicht nur sehr nett, sondern auch sehr romantisch. Aber mehr verrate ich euch nicht. Tut mir leid.«

»Menno, wenn ich gewusst hätte, dass ich hier auf einer richtigen Messe arbeite, hätte ich was Schickeres zum Anziehen mitgenommen!« Anna steht am nächsten Morgen vor dem Badezimmerspiegel und dreht sich davor hin und her, was in dem engen Raum gar nicht so einfach ist.

»Du siehst schick genug aus«, stellt Conni fest und schiebt sie ein Stück zur Seite.

»Findest du?«

»Ja!«

»Seid ihr bald fertig da drinnen?« Billi klopft an die Tür.

»Jaaha!«, rufen Conni und Anna im Chor. Sie gucken sich an und lachen. Billi klopft noch einmal.

»Ich muss ziemlich dringend auf die Toilette!«

Anna fährt ein letztes Mal mit einem Puderpinsel über ihre Nase und klappt ihr Schminktäschchen zu. Conni öffnet die Tür. Billi fällt ihnen fast entgegen.

»Mann, das wurde aber auch Zeit«, stöhnt sie und schlüpft an ihnen vorbei.

Dina steht am Fenster und zupft an ihren Locken. Als Conni und Anna ins Zimmer kommen, dreht sie sich um. »Wie gut, dass wir alle unsere Kleeblatt-T-Shirts mitgenommen haben!«

»Ja, perfekt!« Conni schaut an sicher herunter. Genau wie die anderen trägt sie helle Jeans, Turnschuhe und dazu ein blütenweißes T-Shirt mit einem kleinen Kleeblatt auf der Vorderseite. Sie haben die Shirts vor einiger Zeit selbst gestylt. Dinas Kleeblatt ist grün, Annas pink, Billis blau und Connis rot. Zusätzlich haben sie damals den jeweiligen Anfangsbuchstaben der Trägerin mit Glitzersteinchen aufgeklebt.

»Wir sehen richtig klasse aus!«, bestätigt Anna. Sie nimmt ihre Brille ab und poliert die Gläser auf Hochglanz, bevor sie sie wieder aufsetzt.

Als Billi im Bad fertig ist, laufen sie zusammen die schmale Treppe hinunter und huschen in den noch leeren Frühstücksraum. Die Ausstellung beginnt zwar erst am späten Vormittag, aber sie haben Frau Mikesch versprochen, schon früher mit ihr in die Stadt zu fahren. Sie wollen beim Aufbau des Stands helfen, Prospekte und Flyer auspacken, Poster aufhängen, Kaffee kochen, Blumenvasen aufstellen und ihre Kekse auf Keramiktellern hübsch anrichten. Lauter Dinge, für die sie in ihrer Funktion als echte Messehostessen zuständig sind – jedenfalls nach Annas Überzeugung.

»Außerdem müssen wir natürlich die ganze Zeit lächeln«, sagt sie, während sie ihr Müsli mit Milch übergießt und umrührt. »Noch besser wäre es, wenn wir strahlen. Wir müssen eine positive Stimmung vermitteln. Kriegt ihr das hin?«

Conni und Dina blecken ihre Zähne. Billi legt den Kopf schräg und klimpert mit den Wimpern.

Anna schüttelt den Kopf.

»Ach nein«, sagt sie. »Wahrscheinlich ist es doch besser, wenn ihr ganz natürlich seid und einfach nur freundlich lächelt.«

Sie beeilen sich mit dem Frühstück und springen auf.
Frau Mikesch und Joscha verladen schon Kisten und Kartons in einen Jeep, der auf dem Hof steht. Sie schauen auf, als die Freundinnen herauskommen.
»Ihr seht ja toll aus!«, ruft Connie Mikesch.
Joscha hebt eine Augenbraue.
Conni streichelt Balu, der um ihre Beine streift und mit dem Schwanz wedelt. »Können wir bei irgendwas helfen?«
»Klar«, nickt Frau Mikesch. »Schnappt euch die Kartons und ladet sie in den Wagen. Sie sind nicht schwer. Zwei von euch können auch schon in den Garten gehen und ein paar Blumen für die Vasen schneiden.«
»Machen wir!«, ruft Billi. Sie und Dina verschwinden im Bauerngarten. Anna und Conni helfen beim Beladen des Fahrzeugs.
Als alle Kartons verstaut sind, schiebt Joscha noch einen Tapeziertisch in eine freie Lücke, der als Ablagefläche für die Prospekte dienen soll. Er reibt sich die Hände.
»Das war's«, sagt er. »Oder fehlt noch was?«
»Hier kommen die Blumen!«, ruft Billi. Dina und sie haben beide Arme voll und können kaum über die Blütenpracht hinweggucken.
Frau Mikesch freut sich. »Unser Stand wird auf jeden Fall der schönste und der bunteste! Und er wird am tollsten duften. Da bin ich mir sicher.«
Joscha füllt zwei Eimer mit etwas Wasser. Billi und Dina stellen die Blumen hinein.
»Am besten haltet ihr sie während der Fahrt auf eurem Schoß fest, damit sie nicht umkippen«, schlägt Frau Mikesch vor. »Es ist ja nicht weit bis in die Stadt.«

»Okay«, sagt Billi.
»Und du passt bitte gut auf alles auf, während ich weg bin.« Frau Mikesch tippt Joscha mit dem Zeigefinger auf die Brust.
Er hat die Arme verschränkt und nickt feierlich.
»Geht klar, Mam. Mach dir mal keine Sorgen. Balu und ich haben alles im Griff!«
»Davon bin ich überzeugt«, murmelt Connie. »Falls du einen neuen Skandal aufdecken möchtest, warte bitte damit, bis ich wieder da bin. Keine Dummheiten, verstanden?«
»Jepp.« Joscha grinst und zwinkert den Mädchen zu, die nacheinander in den Jeep krabbeln.
Conni klettert auf den Beifahrersitz. Anna, Billi und Dina rutschen auf die Rückbank. Joscha reicht noch die Blumeneimer ins Auto, dann schlägt er die Türen zu.
»Sitz, Balu!«, sagt er und fasst den Hund am Halsband, als Frau Mikesch den Motor startet und der Jeep langsam über das Kopfsteinpflaster rollt.
Conni winkt.
Joscha winkt zurück.
»Bis nachher!« Dann dreht er sich um und marschiert mit Balu in Richtung Pferdekoppel davon.

***

»Ich brauch mehr Kekse!«, stöhnt Anna. »Die reißen uns die Dinger fast aus der Hand!«
Es ist später Vormittag. Der Infostand ist längst aufgebaut und mit einer himmelblauen Tischdecke und dazu passenden Blumenvasen hübsch dekoriert. Im Hintergrund hängen farbenfrohe Poster vom Reiterhof Pappelslott, von seinen Pferden

und der malerischen Umgebung an einer Stellwand. Die Tourismusbörse ist in vollem Gang. Der Pappelslott-Stand wird von den Besuchern regelrecht umlagert. Die Luft in der Stadthalle ist zum Schneiden dick.

Conni wischt sich eine verschwitzte Haarsträhne aus dem Gesicht. Unzählige Stimmen summen um sie herum. Gelächter erklingt. Hin und wieder gibt es laute Begeisterungsrufe oder das Weinen eines Kindes, das sich verlaufen hat. Sie fühlt sich fast wie in einem Bienenkorb.

Frau Mikesch führt ein Gespräch nach dem anderen. Geduldig beantwortet sie die Fragen zum Hof, zu den Pferden, zu den Unterkünften und erklärt die Preise und Angebote.

Die Freundinnen haben sich aufgeteilt und wechseln sich mit ihrer Arbeit ab. Conni und Billi verteilen die Flyer und sorgen außerdem dafür, dass der Stand immer mit genug Infomaterial ausgestattet ist und ordentlich aussieht. Anna und Dina wandern mit den Kekstellern umher und versuchen, zukünftige Feriengäste an den Stand zu locken.

Es klappt wie am Schnürchen. Gleichzeitig ist es unglaublich anstrengend. Obwohl seit der Eröffnung noch nicht viel Zeit vergangen ist und sie bequeme Joggingschuhe trägt, tun Conni jetzt schon die Füße weh. Sie verspürt den dringenden Wunsch, sich irgendwo hinzusetzen – noch besser hinzulegen – und sich auszuruhen. Aber daran ist überhaupt nicht zu denken. Die Börse geht bis zum Nachmittag und der größte Ansturm kommt erst noch, hat Frau Mikesch gesagt. Es klang wie eine unheilvolle Ankündigung.

Conni hilft Anna schnell, den Keksteller frisch aufzufüllen, und trinkt einen Schluck lauwarme Limo. Dann rückt sie die Blu-

men in einer Vase zurecht und knipst gleichzeitig ihr Lächeln wieder an. Sie hatte ja keine Ahnung, wie ermüdend es ist, ununterbrochen zu grinsen!
»Bestimmt haben wir heute Abend Gesichtsmuskelkater«, raunt sie Billi zu und sortiert einen durcheinandergeratenen Stapel Flyer neu. Billi kichert.
»Hi!«, sagt plötzlich eine Stimme.
Conni zuckt zusammen. Die bunten Hochglanzbroschüren rutschen ihr aus den Fingern und segeln auf den Boden. Aus Billis Kichern wird lautes Lachen.
»Mach den Mund wieder zu«, empfiehlt sie Conni. »Du siehst aus wie ein Koi auf dem Trockenen. Hi, Phillip! Wo kommst du denn her?«
»D-das wüsste ich auch gerne«, stammelt Conni. Sie spürt, dass sie rot geworden ist. So was Blödes!
Phillip hilft ihr, die Broschüren wieder aufzuheben. Ihre Fingerspitzen berühren sich. Er lächelt sein Phillipplächeln.
»Überraschung!«, sagt er leise.
Conni kann nicht anders und strahlt zurück.
»Unser Fußballcamp hat auch einen Stand hier. Der Ausflug zur Messe gehört zum Programm. Als du's mir gestern gesimst hast, wollte ich es dir zuerst sagen. Aber dann war ich auf dein Gesicht gespannt.« Er legt den Flyerstapel fein säuberlich auf den Tisch. »Außerdem steh ich auf Überraschungen. Du nicht auch?«
Conni kann nur stumm nicken und weiterlächeln.
Phillip ist hier. Das ist so toll! Am liebsten würde sie ihm um den Hals fallen. Vor allen Leuten. Aber dazu ist es leider viel zu eng.
»Kekse! Wir brauchen mehr Kek-«, Anna bricht mitten im

Wort ab. Sie starrt Phillip an, als wäre er ein Gespenst. Als sich von hinten zwei Hände über ihre Augen legen, quietscht sie erschrocken auf.

»Dreimal darfst du raten«, sagt Mark.

»Bruno Mars? Robin Thicke? Olly Murs?«

»Hey!«, protestiert Mark und nimmt seine Hände herunter.

Anna streckt ihm die Zunge raus und lacht.

Hinter Mark tauchen Paul und Tim auf.

»Dann wären wir ja mal wieder vollzählig«, stellt Billi fest.

Dina staunt nicht schlecht, als sie an den Stand kommt, um sich Keksnachschub zu holen, und um ein Haar mit Paul zusammenstößt. Der grinst wie ein Honigkuchenpferd.

Auch Frau Mikesch begrüßt die Jungs.

»Ihr könnt gerne eine Pause machen«, wendet sie sich an die Mädchen. »Gleich um die Ecke gibt es eine Eisdiele. Ich lade euch ein.« Sie zieht ihr Portemonnaie hervor und reicht Anna einen Geldschein.

»Vielen Dank. Wir bringen dir ein Eis mit«, verspricht Anna.

»Drei Kugeln bitte«, sagt Frau Mikesch. »Egal, was.«

Sie dreht sich wieder um und begrüßt eine Familie, die sich für Reiterferien interessiert.

Draußen auf dem Vorplatz schnappen zuerst einmal alle nach der frischen Luft. Ganz kurz denkt Conni darüber nach, aus ihren Turnschuhen zu schlüpfen und die Füße in dem Springbrunnen abzukühlen, der am Rand des Platzes steht und verlockend plätschert. Sie unterdrückt den Impuls. Die Eisdiele lockt.

Sie setzen sich an einen freien Tisch und bestellen. Wenig spä-

ter steht ein großer Schokoeisbecher für zwei vor Conni und Phillip.
»Ein Liebesbecher! Wie romantisch!«, seufzt Anna. Sie wirft einen vorwurfsvollen Blick auf Mark, der ziemlich unromantisch an einer Cola nuckelt und mit Paul und Tim über Spieltaktik fachsimpelt.
»Ist was?«, fragt er abwesend, als er Annas Miene bemerkt.
»Nein, nichts.« Anna zieht die Waffel aus ihrem Erdbeereisbecher und seufzt noch einmal.
Billi und Dina kichern.
Phillip grinst Conni an. Conni grinst zurück. Am liebsten würde sie ihn löffelweise mit Schokoeis und Sahne füttern, aber bestimmt nicht vor den anderen. Es ist auch so schon schön genug, hier mit ihm im Sonnenschein zu sitzen und zusammen einen Eisbecher zu verputzen. Wieso das ein Liebeseisbecher sein soll, ist ihr allerdings ein Rätsel. Nur weil sich ab und zu die Löffel berühren und man dann automatisch lächeln muss? Oder weil die Schokostreusel so zart schmelzen und dabei an die Farbe von Phillips Augen erinnern?
»Wann fahrt ihr morgen nach Hause?«, unterbricht Phillip ihre Überlegungen.
»Gleich nach dem Frühstück. Und ihr?«
»Erst abends. Wir haben noch ein Abschlussturnier mit allen Mannschaften. Es geht um die Camp-Meisterschaft.«
»Wow«, sagt Conni. »Viel Glück!«
Phillip zwinkert ihr zu. »Danke.«

***

Erst am Abend kehren die Freundinnen und Frau Mikesch auf den Reiterhof zurück. Der Tag war spannend, anstrengend und schön – alles zusammen.

Conni denkt an die Schokoeisbecherpause und lächelt verträumt vor sich hin. Billi stupst sie an.

»Hey, du siehst Phil doch schon bald wieder!«

Conni wird rot. Ist es etwa so offensichtlich, dass sie fast die ganze Zeit nur an Phillip denkt? Sie rupft einen langen Grashalm aus und zupft daran herum. Billi, Anna, Dina und sie haben Abendbrot gegessen und sind anschließend zur Koppel spaziert, um sich von den Pferden zu verabschieden.

»Kaum zu glauben, dass wir morgen um diese Zeit schon wieder zu Hause sind«, sagt Anna betrübt. Sie tätschelt Junos Hals.

Conni nickt. Hummel streckt die Nase über das Gatter und schnappt sich den Grashalm aus ihrer Hand. Conni fährt ihr mit einer Hand unter den Stirnschopf und krault den kleinen Stern, der sich darunter verbirgt.

Dina und Billi pflücken Grasbüschel und füttern Karlsson und Suleika.

»Wollen wir heute schon packen?«, fragt Dina.

Die anderen nicken.

Sie müssen ziemlich früh aufstehen und wollen noch in Ruhe frühstücken, bevor Joscha sie mit der Kutsche zum Bahnhof bringt. Frau Mikesch hat einen Termin in der Stadt und kann sie leider nicht begleiten. Sie hat sich bei Conni und ihren Freundinnen bedankt. Nicht nur für ihre Hilfe am Messestand, sondern ganz besonders für ihre Mithilfe bei der Pferderettung. Dann hat sie sie eingeladen, jederzeit wiederzukommen.

Conni, Anna, Billi und Dina konnten ihr Glück kaum fassen.

»Vielleicht klappt es ja schon in den nächsten Ferien«, meint Anna jetzt. »Ich meine, dass wir wieder herkönnen. Wäre das nicht toll?«
»Oh ja«, sagt Conni. »Am besten fangen wir gleich morgen an, unsere Eltern zu bearbeiten!«
»Auf jeden Fall!«, nickt Billi. »Es muss einfach klappen!«
Dina gähnt zum Herzerweichen.
»Ich bin so müde«, sagt sie. »Ich glaub, ich geh ins Bett. Kommt ihr mit?«
Ein letztes Mal streichen sie ihren Pflegepferden über die Hälse. Hummel schnaubt und stampft mit dem Vorderhuf auf. Conni muss sich sehr zusammenreißen, um nicht zu weinen.
»Bis bald«, flüstert sie der kleinen Stute zu, dann dreht sie sich ganz schnell um und schaut nicht mehr zurück.

Am nächsten Morgen ist der Reiterurlaub unwiderruflich zu Ende. Die Rucksäcke und Taschen stehen fertig gepackt neben der Tür. Conni, Anna, Billi und Dina haben schon ganz früh gefrühstückt, obwohl sie überhaupt keinen Appetit und einen dicken Knoten im Magen hatten. Jetzt räumen sie noch schnell das Zimmer auf und ziehen die Betten ab.
Billi bleibt am Fenster stehen und schaut hinaus.
»Tschüss, Leuchtturm«, sagt sie. »Du wirst mir fehlen!«
»Alles wird mir fehlen«, jammert Conni. »Der Hof, die Pferde, Frau Mikesch, das Meer …«
»Sogar Joscha?«, fragt Dina neugierig.
»Sogar der!«, nickt Conni.
Obwohl es noch so früh ist, sind die anderen Feriengäste bereits abgereist. Frau Jacobi hat ihren Vollblüter in einen Hän-

ger geführt und ist langsam mit ihm vom Gutshof gerumpelt. Diabolo hat zum Abschied gewiehert. Little Joe hat ihm geantwortet.
Claire und Pierre sind auf dem Weg zurück in die Schweiz. Vorher haben sie sich von Joscha die Unterlagen des Tierschutzhofes ausdrucken lassen und einen Patenvertrag für die beschlagnahmten Pferde unterschrieben.
Auch Conni und ihre Freundinnen haben solche Vordrucke für Pferdepatenschaften in ihren Rucksäcken. Sie müssen nur noch ihre Eltern davon überzeugen, wie wichtig und sinnvoll es ist, wenn sie in Zukunft einen Teil ihres Taschengelds dafür ausgeben. Aber das ist bestimmt ein Klacks!
Familie Bergemann ist ebenfalls schon fort. Mit Sack und Pack, jeder Menge Spielzeug und drei müden Kindern. Conni, Anna, Billi und Dina haben lange hinter ihnen hergewinkt. Nun sind sie die Letzten, die abreisen, bevor die neuen Feriengäste kommen.
»Auf geht's, Mädels!«, sagt Conni fröhlicher, als ihr zu Mute ist, und nimmt ihr Gepäck.
Die anderen folgen ihr.

Draußen werden sie von Frau Mikesch verabschiedet. Sie nimmt die Mädchen eins nach dem anderen in den Arm und bedankt sich noch einmal. Anna wuschelt Balu durchs Fell und verdrückt ein paar Tränchen. Ihre Brillengläser sind schon ganz beschlagen.
Joscha hat Fidelio eingespannt und wartet neben der Kutsche auf sie. Er verstaut ihre Rucksäcke und Taschen. Nacheinander klettern sie auf die Sitzbänke.

Billi entert den Kutschbock und dreht sich grinsend zu den anderen um. Dina macht schnell ein Foto von ihr. Und von Joscha natürlich, der sich neben Billi setzt und die Bremse löst. Dann nimmt er die Fahrleine in die Hand und schnalzt mit der Zunge.

»Hopp, Fidelio!«

Der Rappe spitzt die Ohren und setzt sich in Bewegung.

»Hoffentlich kutschiert Joscha nicht so temperamentvoll, wie er reitet«, raunt Anna Conni zu.

Conni muss lachen.

»Bis bald!«, ruft Frau Mikesch und winkt mit beiden Händen.

Die Mädchen winken zurück.

Balu läuft noch ein Stück neben der Kutsche her. Dann wird es ihm zu anstrengend und er bleibt stehen.

Fidelios Hufe klappern laut auf dem Pflaster. Plötzlich klingelt Dinas Handy.

»Das ist Daniel«, sagt sie errötend und wendet sich auf der Sitzbank halb um, so gut es geht.

»Anscheinend hat er Sehnsucht nach ihr«, raunt Anna Conni zu und kichert leise.

»Ob da was läuft?«, flüstert Conni zurück.

»Das werden wir sehen, wenn wir wieder zu Hause sind«, meint Anna grinsend, als Dina das Gespräch beendet und ihr Handy in die Tasche zurückgeschoben hat.

Conni wirft einen Blick über die Schulter. Sie sieht die alten Gebäude des Hofes, die Allee und die Pferde auf der Weide kleiner werden.

»Kaum zu glauben, was in den paar Tagen alles passiert ist. Findet ihr nicht?«, fragt sie, als sie sich wieder umdreht.

»Ein echter Krimi«, sagt Anna. »Hab ich doch gleich gesagt.«
Stimmt, denkt Conni. Ein Krimi war es wirklich. Aber zum Glück einer mit Happy End!
Die Sonne scheint wie am Tag ihrer Ankunft. Auch der Himmel ist genauso blau. Vom Meer weht ein frischer Wind und trägt den typischen Geruch nach Salz und Seetang mit sich. Es ist Flut. Hinter dem Deich glitzern die Wellen. Über ihren Köpfen kreischen Möwen. Conni schließt die Augen und lehnt sich zurück.

Am Bahnhof geht dann alles ganz schnell. Joscha reicht ihnen ihr Gepäck und wendet die Kutsche auf dem Vorplatz. Die Mädchen verabschieden sich von ihm und von Fidelio.
»Grüß Sina von uns!«, sagt Conni.
»Und sag uns unbedingt Bescheid, wie es mit Frau Struwe weitergeht«, bittet Anna ihn.
»Wir haben Connie unsere Mailadressen gegeben«, fügt Billi hinzu.
»Aber du kannst uns natürlich auch anrufen«, meint Dina und lächelt schüchtern.
Joscha reicht ihnen nacheinander die Hand.
»Geht klar. Und die Pferde grüß ich auch von euch. War echt schön, euch hierzuhaben. Ich hoffe, wir sehen uns bald mal wieder. Kommt gut nach Hause. Viszontlátásra!«
»Hä?«, macht Billi.
»Auf Wiedersehen.« Joscha zwinkert ihr zu.
»Viszontlátásra!«, erwidern die Freundinnen im Chor. Sie nehmen ihre Sachen und gehen auf das kleine Bahnhofsgebäude zu.

»Hey!«, ertönt Joschas Stimme hinter ihnen.
Conni, Anna, Billi und Dina bleiben stehen und schauen über die Schultern zurück.
Joscha steht neben Fidelio. Seine Hand ruht auf dem Widerrist des Rappen.
»Köszönöm!«, ruft er. »Das ist ungarisch und heißt danke!«
»Gern geschehen!«, ruft Conni zurück.
Fidelio hebt seinen rabenschwarzen Kopf und lässt ein triumphierendes Wiehern hören.
Es klingt wie das schönste und glücklichste Wiehern der Welt, denkt Conni und läuft lächelnd hinter den anderen her.

Liebe Conni- &- Co-Fans,

viele von euch wünschen sich schon lange ein Conni- &- Co-Abenteuer, in dem es um Pferde geht. Hier ist es nun. Ich hoffe, es gefällt euch.
Als ich ungefähr in eurem Alter war, war ich ein richtiges Pferdemädchen. Jede freie Minute habe ich im Stall verbracht, bin geritten, habe Boxen ausgemistet, Pferde gestriegelt und Stallgassen gefegt. Eben alles, was man so macht, wenn man Pferde liebt.
Natürlich hatte ich damals auch ein Lieblingspferd. Es hieß Little Joe und war ein Braunschecke – genau wie Joschas Pferd in diesem Buch.
Als ich dann älter wurde, bin ich leider nicht mehr so oft zum Reiten gekommen. Außerdem hat mir eine Allergie das Leben schwer gemacht und der Besitzer meines Lieblingspferdes ist umgezogen und hat Little Joe mitgenommen.
Seit ich erwachsen bin, reite ich überhaupt nicht mehr. Aber natürlich liebe ich Pferde immer noch.

Während meiner Zeit als Reiterin habe ich viele verschiedene Ställe und Höfe kennengelernt. In manchen war es schön, in anderen nicht so. In den Ferien habe ich oft auf Ponyhöfen gearbeitet, später dann in Gestüten und großen Turnierställen. Dort habe ich mitbekommen, dass es tatsächlich Reiter gibt, die ihr Pferd nur als ein Sportgerät betrachten. So ähnlich wie einen Tennisschläger, den man nur hin und wieder benutzt und ansonsten irgendwo herumliegen lässt. Aber Pferde sind denkende und fühlende Lebewesen. Sie sind unsere Partner und keine Maschinen.
Manche Pferde und Ponys verbringen trotzdem Tag und Nacht in viel zu engen Boxen und werden nur zwischendurch für ein, zwei Stunden herausgeholt, um geritten zu werden. An den Wochenenden werden sie dann auf Turnierplätze gefahren, anstatt über Wiesen zu bummeln und sich mit ihren Artgenossen auszutoben. Für mich ist das keine besonders schöne Vorstellung.
Sobald ein Pferdebesitzer seinen persönlichen Ehrgeiz und den Erfolg über das Wohl seines Pferdes stellt – so wie die Reiterin in dieser Geschichte –, kann man das kaum noch Pferdeliebe nennen. Dann wird es im schlimmsten Fall Tierquälerei.
Kein Tier verdient es, gequält und ausgebeutet zu werden – egal ob Hund, Katze, Maus, Pferd, Rind, Schwein oder Elefant.
Was man dagegen tun kann? Eine ganze Menge.

Haltet eure Augen und Ohren offen. Seid kritisch. Informiert und engagiert euch. Sucht euch Hilfe und Unterstützung von Erwachsenen.
Vielleicht habt ihr Lust, euch wie Billi aktiv für Tiere einzusetzen? Es gibt richtig tolle Tierschutzorganisationen für Kinder und Jugendliche. Zum Beispiel die Tierschutzjugend im Deutschen Tierschutzbund e.V. oder die Aktion Schüler für Tiere e.V.
Conni und ihre Freunde beweisen in diesem Buch sehr viel Mut und setzen sich für die Tiere ein.
Das könnt ihr auch. Da bin ich mir ganz sicher.

Bis zum nächsten Abenteuer von Conni & Co!

Eure Dagmar Hoßfeld

Weitere Infos findet ihr hier:
www.jugendtierschutz.de
www.schueler-fuer-tiere.de

LESEPROBE

Im nächsten Sommer erscheint ein neues Abenteuer von »Conni & Co«. Wenn du informiert werden möchtest, wann dieser Band erscheint, kannst du den kostenlosen Newsletter unter www.conni-club.de abonnieren.
Und hier kannst du schon einmal reinlesen:

Es ist Mittwochmorgen. Die Sonne scheint und es ist ein herrlicher Tag. Conni freut sich auf die Schule. Besonders auf die ersten beiden Stunden Kunst. Endlich kann sie mit ihrer Zeichnung weitermachen. Ihre Laune könnte nicht besser sein. Sie schiebt ihren Schulrucksack unter den Tisch und zeigt auf Dinas Socken.
»Das sieht ja lustig aus!«
Anna und Billi fangen an zu kichern.
Dinas Wangen werden zartrosa. Sie versucht vergeblich, ihre Hosenbeine etwas länger zu ziehen, damit die anderen aus der Klasse nicht sehen können, dass sie zwei verschiedenfarbige Strümpfe anhat. Der linke Strumpf ist hellblau, der rechte grün mit gelben Sternchen.
»Todschick!«, zischt Janette, während sie und Saskia sich an den Freundinnen vorbeischieben und auf ihren Platz in der

vorletzten Bankreihe zusteuern. »Du hattest ja noch nie Geschmack. Dass du außerdem farbenblind bist, ist mir bisher gar nicht aufgefallen.«

Die Farbe von Dinas Ohren passt sich der ihrer Wangen an. Sie zupft schnell ihre Haare darüber. »Ich hatte es vorhin so eilig. Da hab ich wohl danebengegriffen«, murmelt sie verlegen.

»Mach dir nichts draus. Das ist mir auch schon mal passiert«, sagt Conni.

»Es sieht wirklich lustig aus«, meint Billi. »Vielleicht hast du ja eine neue Mode erfunden.«

»Es gibt Schlimmeres als ein falsches Sockenpaar.« Anna deutet mit dem Kinn auf Janette, die damit beschäftigt ist, ihren Nagellack zu bewundern. »Chronische Blödheit und Oberflächlichkeit zum Beispiel.«

»Allerdings«, bestätigt Conni. Sie schaut auf und guckt genau in ein braunes Augenpaar.

»Morgen«, sagt Phillip und zwinkert ihr im Vorbeigehen zu.

»Guten Morgen«, antwortet Conni lächelnd.

Wenig später kommt Frau Stern um die Ecke und begrüßt die Klasse.

»Wir machen heute da weiter, wo wir letzte Woche aufgehört haben«, verkündet sie. »Holt bitte eure Zeichenblöcke und die Kohlestifte heraus. In den nächsten beiden Stunden geht es darum, die Feinheiten herauszuarbeiten.«

Kurz darauf sind Dinas bunte Socken komplett vergessen. Conni beugt sich über ihr Zeichenpapier und probiert verschiedene Kohlestifte aus. Sie haben in der letzten Woche im Kunstunterricht ein Tier gezeichnet. Klar, dass Conni sich für Kater Mau entschieden hat. Jetzt bemüht sie sich, das Katzenfell zu schraffieren und zu schattieren, damit es möglichst echt aussieht. Das ist gar nicht so einfach, stellt sie fest, aber es macht Spaß.

Neben ihr zeichnet Anna ein Pony. Einen Platz weiter versucht sich Billi an einem kugelrunden Pandabären, der an einem Bambushalm knabbert.

Auf Dinas Zeichenblatt tummelt sich gleich eine ganze Elefantenfamilie. Eine Elefantenkuh, ein Bulle mit prächtigen Stoßzähnen und zwei kleine Babyelefanten.

»Das sieht wirklich toll aus!«, flüstert Conni beeindruckt.

Dina ist so in ihre Arbeit versunken, dass sie kaum aufschaut. »Danke«, murmelt sie bescheiden.

In der kurzen Pause schlendert Conni durch die Bankreihen. Sie ist neugierig, was die Jungs gezeichnet haben. Besonders auf Phillips Kunstwerk ist sie gespannt.

»Wow!«, entfährt es ihr, als sie es sieht.

Phillip strahlt. Er hat einen Hai mit weit aufgerissenem Maul und unzähligen spitzen Zähnen gezeichnet. Es sieht aus, als würde der Fisch direkt aus dem Bild springen.

»Ich wusste ja gar nicht, dass du so talentiert bist«, meint Conni.

»Ich hab den Hai von einem Foto abgezeichnet«, gibt Phillip zu und grinst. »Das war gar nicht so schwer.«

Neben ihm beißt Paul gerade in sein Pausenbrot. Mit der anderen Hand wischt er über sein Zeichenpapier.

»Was soll das denn werden, wenn's fertig ist?«, fragt Conni amüsiert.

»Sieht man das etwa nicht?« Paul macht ein entsetztes Gesicht.

Conni schüttelt den Kopf. »Also, ehrlich gestanden …«

»Kein Wunder.« Paul kichert. »Zuerst sollte es ein Krokodil werden, dann ein Nashorn und jetzt ein … äh, keine Ahnung.« Er wendet das Blatt hin und her. »Irgendwas Abstraktes. Denk dir was aus.«

»Ich finde, es sieht wie eine explodierte Feuerqualle aus«, mischt Mark sich ein.

»Hey, das ist es!« Paul klatscht ihn ab. »Genau das wollte ich damit ausdrücken!«

Conni kichert.

»Hast du heute Nachmittag Zeit?«, fragt Phillip plötzlich. »Im Kino läuft ein neuer Film. Vielleicht können wir uns in der Stadt treffen und ihn zusammen anschauen.«

Connis Herz klopft ein bisschen schneller. Kino mit Phillip? Was gibt es da großartig zu überlegen? Am liebsten würde sie sofort zusagen, aber dann seufzt sie.

»Heute geht's leider nicht. Ich muss mein Zimmer aufräumen und einen Kuchen backen. Mein Papa hat morgen Geburtstag.«

»Kuchen?« Paul spitzt die Ohren.

»Du schenkst deinem Vater ein aufgeräumtes Zimmer?«, fragt Mark. »Ist ja cool!«

Phillip grinst immer noch.

Conni wird ein bisschen rot.

»Nein, mein Zimmer räum ich auf, weil es echt nötig ist. Mein Vater bekommt den Kuchen und noch was anderes.«

»Okay«, meint Phillip. »Dann vielleicht übermorgen?«

»Ja, mal sehen.« Conni nickt ihm zu. Sie wandert zu ihrem Platz zurück und wirft im Vorbeigehen einen Blick auf Janettes Bild. Es zeigt etwas, das wie eine Kreuzung aus Fledermaus und zerrupfter Krähe aussieht. Conni muss sich sehr beherrschen, um nicht laut loszuprusten. Da ist ja sogar Pauls explodierte Feuerqualle noch besser gelungen!

In der großen Pause gehen Conni und ihre Freundinnen nach draußen. Die Luft ist herrlich warm. Conni hebt das Gesicht und blinzelt zwischen den Bäumen hindurch in die Sonne. Ihre Laune ist noch besser als heute früh. Frau Stern hat ihr für ihre Katzenzeichnung eine glatte Zwei gegeben. Conni ist damit sehr zufrieden. Wenn sie die Barthaare von Mau nicht aus Versehen vergessen hätte, hätte sie vielleicht sogar eine 2+ bekommen.

»Was hast du für deine Elefanten bekommen?«, wendet sie sich an Dina.

»Bestimmt eine 1+ mit Sternchen«, vermutet Billi.

»Was denn sonst?« Anna beißt von ihrer Banane ab. »Dinas Bilder sind immer die besten von allen!«

Dina hört gar nicht richtig zu. Sie hält den Kopf gesenkt, als würde sie ihre Socken betrachten und sich insgeheim immer noch darüber wundern, wie es ihr passieren konnte, mit zwei verschiedenen Exemplaren in der Schule aufzutauchen.

Conni stupst sie mit dem Ellbogen an.

»Erde an Dina! Bitte kommen!«

»Wie? Was?« Dina guckt sich verwirrt um.

Die anderen lachen.

»Hast du zufällig gerade von Daniel geträumt?«, grinst Billi.

»Nein, Unsinn!« Dina zieht die Stirn kraus.

»Wir wollten nur wissen, was für eine Note Frau Stern dir für die Elefanten gegeben hat«, sagt Conni.

»Eine 1+«, sagt Dina und seufzt.

»Glückwunsch!«, sagt Anna.
»Danke«, erwidert Dina und seufzt noch einmal.
Conni schiebt die Augenbrauen zusammen. Irgendwie benimmt sich Dina heute ziemlich merkwürdig. Zuerst die Socken, jetzt ihre geistige Abwesenheit …
Sie beobachtet die Freundin unauffällig. Äußerlich wirkt sie wie immer. Oder ist sie nicht vielleicht ein bisschen blasser als sonst?
»Geht's dir gut?«, fragt Conni vorsichtig.
»Sicher«, murmelt Dina. Sie hat schon wieder diesen weggetretenen Ausdruck im Gesicht. »Wieso?«
»Och, nur so«, sagt Conni. Sie wechselt einen Blick mit Anna und Billi. Beide heben ratlos die Schultern.

Conni & Co Band 12
erscheint im Juli 2016

Leseprobe aus dem ersten Band der neuen Conni-Reihe für Mädchen ab 12 Jahren:

Gibt es einen Unterschied und wenn ja: welchen?

Ich bin fünfzehn.

Seit genau einer Sekunde.

Mein Herz schlägt einen Salto.

»Herzlichen Glückwunsch zum Geburtstag!«, flüstere ich in die Dunkelheit.

Der jaulende Klang einer elektrischen Gitarre bringt mich etwas aus dem Konzept. Obwohl ich nicht geschlafen habe (ich war viel zu aufgeregt, um überhaupt ein Auge zuzubekommen), zucke ich zusammen und würge den Klingelton meines Uralthandys schnell ab. Das Gitarrensolo ist ein bisschen zu laut um diese Uhrzeit. Nebenan schlafen meine Eltern, Jakob schnarcht gegenüber leise vor sich hin. Muss nicht sein, dass sie mitbekommen, dass ich mitten in der Nacht telefoniere.

»Halloo?«, melde ich mich unschuldig und halte die Luft an. Natürlich weiß ich, wer dran ist. Es leuchtet mir in Großbuchstaben vom Display entgegen und ist nicht mal im Dunkeln zu übersehen: PHILLIP.

»Happy birthday to you, happy birthday to you …«, singt er leise.

Seine Stimme klingt verschlafen und ein bisschen kratzig. Im Gegensatz zu mir hat er bestimmt schon geratzt. Er muss sich extra den Wecker gestellt haben, um mir als Erster zum Geburtstag zu gratulieren. Der süßeste Junge der Welt hat zu meinem Geburtstag gesungen!

Neben mir streckt sich Mau und schmatzt. Ich kraule ihn mit einer Hand, während ich Phillips Geburtstagsständchen lausche, das sich langsam in Richtung Finale bewegt. Mau sabbert begeistert.

»Alles Liebe zum Geburtstag«, sagt Phillip feierlich. »Du hast einen Wunsch frei!«

»Danke.« Mein Herzschlag beruhigt sich etwas und macht einem äußerst wohligen Gefühl Platz. Ich kuschele mich tiefer in mein Kissen und presse das Handy ans Ohr.

»Und?«, fragt Phillip. »Wie fühlst du dich? Anders als gestern?«

Ich schüttele den Kopf. »Kein bisschen.«

»Das kommt noch«, verspricht er. »Wart's ab.«

»Na, hoffentlich«, seufze ich.

Phillip muss es wissen. Er ist schließlich ein ganzes Jahr älter als ich.

Mau springt vom Bett auf die Fensterbank, schiebt seinen Kopf durch einen Spalt im Vorhang und späht hinaus in die Nacht. Sein Schwanz zuckt hin und her. Was er wohl sieht?

Ich unterdrücke ein Gähnen und frage Phillip, was er mir schenkt. Immerhin ist seit ein paar Minuten offiziell mein Geburtstag. Da wird man sich doch wohl nach den Geschenken erkundigen dürfen, oder? Schließlich möchte ich wissen, worauf ich mich freuen kann. Aber Phillip bleibt stur.

»Sei nicht so neugierig«, sagt er, sosehr ich auch bettele. »Lass dich einfach überraschen.«

Wir reden ein bisschen hin und her, über den Vormittag in der Schule, der uns in wenigen Stunden bevorsteht und von dem wir nicht wissen, wie wir ihn überleben sollen, und über meine Geburtstagsparty, die am Abend steigen soll. Mit meinem Geburtstermin hätten meine Eltern sich ruhig ein bisschen mehr Mühe geben können, finde ich. Ich meine, wer hat schon freiwillig am 30. April Geburtstag? In unseren Breitengraden liegt da manchmal noch Schnee. Oder es regnet in Strömen. Echt super für Gartenpartys und Grillfeste. Der einzige Vorteil ist, dass morgen der 1.-Mai-Feiertag ist, denn das bedeutet – bingo! – schulfrei. Juhu!

Bevor wir uns verabschieden, versuche ich es noch einmal: »Wann krieg ich mein Geschenk? Doch nicht etwa erst heute Nachmittag, oder? Das halt ich nicht aus!«

»Soll ich's dir lieber in der Schule geben? Vor allen anderen? Ist nicht dein Ernst, oder?«

Ich kann geradezu spüren, wie Phillips dunkle Augen tief in meine blicken. Blicken würden, meine ich. Wenn er jetzt hier wäre. Neben mir. In meinem Zimmer. Äh, wo waren wir gerade?

»Nee, nicht wirklich«, gebe ich zu. »Aber vielleicht vorher?«

Phillip lacht, aber dann sagt er: »Okay. Wir treffen uns vor der Schule im Park. Halb acht an der Entenbrücke?«

»Yes!«, jubele ich.

»Freu dich nicht zu früh«, dämpft er meine Erwartungen. »Du weißt schließlich noch nicht, was es ist!«

»Egal, ich freu mich trotzdem!« Und das meine ich genau so, wie ich es sage. »Bis dann!«

»Bis dann«, sagt Phillip und gähnt.

Ich habe das Handy gerade fröhlich geknutscht und auf den Nachttisch zurückgelegt, als es sich noch einmal meldet. Diesmal ist es eine SMS, natürlich auch von Phillip: »SGUTS!«

SGUTS? Was soll das denn heißen? Sieben Gartenzwerge unter tausend Socken vielleicht? Sechs große Ufos taumeln südwärts? Hmmm, das ergibt nicht wirklich Sinn. Ich versuche es noch einmal.

Schlaf gut und träum süß? Oh ja, das ist ein guter Plan!

Irgendwie muss ich nach dem Anruf tatsächlich eingeschlafen sein. Als ich wieder aufwache, ist es kurz vor halb sieben. Fast schon Zeit zum Aufstehen. Mau liegt auf meinen Füßen und schnurrt im Schlaf. Ich strecke mich vorsichtig, um ihn nicht zu wecken, und verschränke die Hände im Nacken.

»Fünfzehn«, sage ich leise vor mich hin. »Eine Fünf und eine Zehn.«

Ich lege mir die Zahlen auf die Zunge, drehe sie in meinem Kopf hin und her und betrachte sie von allen Seiten. Fühlt es sich anders an als gestern? Fühle *ich* mich anders? Wenn ja, wie? Gestern war ich noch vierzehn. Wo ist der Unterschied? Ob es einen gibt? Oder ist das Ganze nur Gerede und jedes neue Lebensjahr gnadenlos überbewertet?

Nein, das kann nicht sein. Irgendetwas muss anders sein, beschließe ich. Immerhin habe ich fünfzehn Jahre meines Lebens darauf hingearbeitet, fünfzehn zu sein. Besonders das letzte Jahr war echt hart. Ich konnte es kaum erwarten, endlich älter zu werden. Und zwar nicht nur, weil es dann mehr Taschengeld gibt. Aber soll das alles sein? Zehn Euro mehr im Monat und eine weitere Kerze zum Auspusten auf der Torte? Hm …

Ich grüble und grüble, aber außer dass ich jetzt den Mofa-Führerschein machen dürfte (was mir meine Eltern sowieso nie erlauben würden), fällt mir nicht viel ein, was anders sein könnte.

Jedenfalls nichts wirklich Positives. Im Bus muss ich jetzt zum Beispiel einen sauteuren Erwachsenenfahrschein lösen, es sei denn, ich mache mich klein und piepse »Einmal zur Schule, bitte!«. Danke, darauf kann ich gut verzichten.

Trotzdem. Mit vierzehn ist man irgendwie noch ein Kind, finde ich. Zumindest wird man so behandelt. Mit fünfzehn ist man dagegen schon fast erwachsen. Es MUSS also einen Unterschied geben.

Ich werfe einen Blick auf den Kalender, der über meinem Schreibtisch hängt. Da steht es schwarz auf weiß: Heute ist der 30. April, mein Geburtstag. Ab heute habe ich genau ein Jahr Zeit, um den Unterschied herauszufinden – falls es einen gibt. Ich bin ja sooo neugierig!

Ein einzelner Sonnenstrahl stiehlt sich durch den schmalen Spalt zwischen den Vorhängen und malt einen goldenen Kringel an die Tapete. Kleine Staubkörnchen tanzen in der Luft. Ich liege in meinem Bett und warte. Darauf, dass ich mich anders fühle. Und darauf, dass meine Familie endlich auftaucht, um mir zu gratulieren.

»Happy birthday to youuu, happy birthday to youuuu …«, singt jemand im Flur.

Es geht los! Ich flutsche tief unter meine Decke und stelle mich schlafend.

Dagmar Hoßfeld
Mein Leben, die Liebe und der ganze Rest
288 Seiten
ISBN 978-3-551-26001-7

Das erste Jahr

Carlotta Prinz ist gar kein Prinzessinnen-Typ. Trotzdem soll sie plötzlich für ein Jahr in ein Schloss ziehen! Aber in dem Schloss befindet sich eine Schule. Ob so ein Internat etwas für sie ist? Alles ist ganz anders als zu Hause. »Erst mal nur auf Probe! Und höchstens für ein Jahr!«, denkt Carlotta. Aber die beiden merkwürdigen Mädchen, die das Zimmer mit ihr teilen, bringen alles durcheinander!

Dagmar Hoßfeld
Carlotta, Band 1:
Carlotta - Internat auf Probe
224 Seiten
Hardcover
ISBN 978-3-551-65091-7

CARLSEN

www.carlsen.de

MIX
Papier aus verantwortungsvollen Quellen
FSC® C014496
FSC
www.fsc.org

Carlsen-Bücher gibt es überall im Buchhandel und auf carlsen.de

Umschlag- und Innenillustrationen: Dorothea Tust
Lettering: Dorothea Tust
Lektorat: Susanne Schürmann
Lithografie: ReproTechnik Ronald Fromme, Hamburg
Druck und Bindung: GGP Media GmbH, Pößneck
ISBN 978-3-551-55711-7
Printed in Germany

Mehr über Conni findest du unter: www.conni.de

EIN THRILLER

Phillip?

... und ein Plan! ¿Köszönöm??

Das Erstehilfeantistressspezialprogramm:
für das Kleeblatt

BACKEN

Die Aktion läuft! Die Jungs sind da.

Was ich gesehen habe und die SCHRECKLICH!

Beweise!!
Alles hier drin
auch von Anna

Ich bin HAPPY!, dass wir es gemacht haben! PUH!!!

Frau Mikesch hat ABSOLUT Recht